· 语文阅读推荐丛书 ·

郭小川诗选

郭小川／著 王 晓／编选

人民文学出版社

图书在版编目(CIP)数据

郭小川诗选/郭小川著;王晓编选. —北京:人民文学出版社,2018
(2020.8重印)
(语文阅读推荐丛书)
ISBN 978-7-02-014287-3

Ⅰ.①郭… Ⅱ.①郭…②王… Ⅲ.①诗集—中国—当代 Ⅳ.①I227

中国版本图书馆 CIP 数据核字(2020)第 138891 号

责任编辑　李　宇
装帧设计　李思安　崔欣晔
责任印制　任　祎

出版发行　人民文学出版社
社　　址　北京市朝内大街 166 号
邮政编码　100705
网　　址　http://www.rw-cn.com

印　　刷　三河市延风印装有限公司
经　　销　全国新华书店等

字　　数　87 千字
开　　本　650 毫米×920 毫米　1/16
印　　张　16.75　插页 1
印　　数　23001—24000
版　　次　2018 年 6 月北京第 1 版
印　　次　2020 年 8 月第 3 次印刷

书　　号　978-7-02-014287-3
定　　价　35.00 元

如有印装质量问题,请与本社图书销售中心调换。电话:010-65233595

目　次

导读 …………………………………………… 1

骆驼商人挽歌（塞上草之三）………………… 1
我与枪 ………………………………………… 4
一个声音 ……………………………………… 6
草鞋 …………………………………………… 9
晨歌 …………………………………………… 13
向困难进军 …………………………………… 18
把家乡建成天堂 ……………………………… 26
闪耀吧，青春的火光 ………………………… 34
无题（残篇）…………………………………… 42
山中 …………………………………………… 44
致大海 ………………………………………… 49
昆仑山的演说 ………………………………… 58
雪兆丰年 ……………………………………… 75
望星空 ………………………………………… 91
乡村大道 ……………………………………… 102
甘蔗林——青纱帐 …………………………… 104
青纱帐——甘蔗林 …………………………… 107

答问(残篇) …………………………………… 111
刻在北大荒的土地上 ………………………… 112
祝酒歌(林区三唱之一) ……………………… 116
大风雪歌(林区三唱之二) …………………… 124
青松歌(林区三唱之三) ……………………… 130
战台风 ………………………………………… 135
西出阳关 ……………………………………… 140
雪满天山路 …………………………………… 149
墓志铭 ………………………………………… 154
团泊洼的秋天 ………………………………… 159
秋歌(之六) …………………………………… 163
深深的山谷 …………………………………… 166
白雪的赞歌 …………………………………… 190

知识链接 ……………………………………… 255

导 读

　　郭小川的诗歌,是研究当代文学史必须要涉入的一个领域。有关郭小川,评论界和许多读诗的人一直有一个说法,说他是"战士诗人"。"战士诗人"这个称谓比较久远,年轻的读者可能不太熟悉。毕竟,我们长时间生活在和平建设的年代,在我们的意识里,"战士"和"诗人"是两个完全不相干的身份。而且,资料显示,郭小川并非部队诗人。事实上,这里"战士诗人"的说法,可以解释为战士般的诗人。诗人,指的是以写诗作为成就自己人生的主要手段的人;而战士,则必得有坚定的立场,必得有强烈的战斗意识。这本小小的《郭小川诗选》,收入的作品只是郭小川毕生创作的一个小的部分,但是年轻的读者依然可以体会出作者身上两种鲜明的品质:诗性和战斗性。确实如此,郭小川始终以诗歌为武器,在作品里保持着昂扬的斗志,即或在历史的一些关节上,他有委屈和纠结,但他的立场总体上一直是很坚定的,有些甚至超出了我们今天所能感受的。为什么会这样?这与他生长的时代有关。时代造就了郭小川,而郭小川也以自己的作品展现了那个时代的强烈的色彩。大海塑造了海螺,海螺发出的是大海的声音。我们看看郭小川的成长经历，就会发现他成为战士诗人的一些必然因素。

郭小川，出生于1919年9月距北京不远的河北丰宁。1919年，我们都知道，那一年爆发了著名的"五四"爱国运动。在那之前和其后的若干年里，中国的有志之士为国家复兴，正进行着痛苦和坚忍的摸索，与之并行的是军阀混战，民不聊生。丰宁属于当时的热河省。1933年春天，郭小川长到十三四岁的时候，日本侵略者进占热河。为了躲避战患，郭小川跟着父母举家逃往北平，也就是现在的北京。从这一年夏天开始，郭小川以各种名字——包括蒙古族名字——辗转就读于北京的几个学校，从中学至大学预科，直到1937年7月7日，北平爆发"卢沟桥事变"，日本军国主义开始全面的侵华战争。仅仅两个月以后，郭小川即前往太原，报名参加了八路军，并且很快成为中国共产党党员。自此以后，在整个战争年代，在延安、在解放区，郭小川从思想到行动一直经受着革命的热血洗礼。见识过艰苦焦灼，也体会过群情激奋……郭小川是亲历"八一五"日本投降一代人中的一个，也是欢呼人民解放军占领南京人群中的一个。进入社会主义建设的和平时代去，尽管发展并不平顺，但从郭小川的作品里可以看出来，他始终站在热情洋溢的队伍里，并且做着多种文字行业的工作组织者，即或遇到苦闷，更多地也是检省自己的灵魂。也只有这样的人才能在最沉重的时期，写出《团泊洼的秋天》和《秋歌》这样的诗作。

生于动荡年代，成长于国难时期——郭小川曾在诗中记述少年的自己："过早地同我们的祖国在一起/负担着巨大的忧患"（《向困难进军》）。这样的命运对于满怀激情的人来说，选择积极的战斗姿态,是自然而然的事情。有资料显示,1935年"一二·九"运动以后,郭小川即投身于抗日救亡的学生运动,在中国共产党领导的民族解放先锋队文艺青年联合会做了一个积极活跃的成员,那时,他已开始写诗。可以这样说,郭小川踏上诗歌之路和他投身救亡图强运动、献身革命熔炉始终是同步的。

郭小川说:"战士的歌声,可以休止一时,却永远不会沙哑。"这是他从事革命工作和诗歌创作几十年后写下的诗句。毕生固守明确的追求,这不能不说是一个战士的品德;毕生以诗作为展露情怀的手段,这不能不说是一个诗人的气质。从这两方面的融合与取得的成就来说,郭小川达到了少有人及的地步。

"战士诗人"的"战士"很容易被概念化,而有一个时期和在一部分人眼里,郭小川诗歌的特性就表现在战斗和为战斗的鼓噪上,这是简单武断的看法。只要读读他的《望星空》《致大海》,以及《深深的山谷》《白雪的赞歌》,还有因为篇幅没有收入到这本小书里的《一个和八个》等长篇叙事诗,就不难发现,这个自觉做革命队伍里战士的诗人,是个有着丰富的感情和自我思考的诗人。他迷恋的是兄弟般的集体生活,他向往的是明朗昂扬的发展氛围。战士不是个抽象概念,战士是具体的人,有血有肉。然而,不是所有的新事物都是平稳进行的,越宏大的事情,过程往往越复杂。面对复杂的局面,诗人的敏感和战士的意志都是迸发的燃点。在这样的时刻,诗人借助写诗推动思考,而战士则以行动展现意愿,两厢纠缠,两厢协调。郭小川的诗总体提供给我们的,就是这样一个形象:负载重量的思考和果断的行动,内心有波折而外在的步调却是一致的。这是生动的形象,符合人性。这也就是当年我们有那么多通体闪亮的诗人作品,而只有郭小川等人的诗歌至今还被人们学习议论的原因。

评判一个人的诗,了解其人的经历及其背景是很重要的。同样,了解一个时代,阅读那时的创作作品,作用同样不可小觑。我们确实存在一个社会激情饱满的时代,我们的文学史确实拥有一批激越昂扬的诗人,研习这些诗人的作品,体会那个时代,对于我们今天的发展,有着重要的意义。毋庸置疑,郭小川的诗歌就是我们这样做最适合的钥匙之一。

人民文学出版社编辑部

骆驼商人挽歌①

——塞上草之三

行走在长城上的骆驼商人队遭受了日机的轰炸,一个商人搂抱着他的骆驼同时倒下了……

大风砂里,
忠毅的旅人呵!
你搂抱着你那笨重的
最亲昵最疼爱的伙伴
颓然倒下了!
像一座崩塌的山岩。

风在叫嚎,
黄砂在飞走,
你俩的血搅在一起,

---

① 从《骆驼商人挽歌》到《晨歌》,五首诗均写于 1940 年代,当时的许多习惯用词用字,与今天有些差异,请学生读者阅读时注意这一情况。

汩汩地流……

你们来自西口,
想从脚下磨来你们的吃喝,
骆驼载着重荷,
你拉着骆驼。

无期的旅行,
无尽的折磨,
全靠你俩交互的抚爱;
什么艰辛苦难
都被你们跨过!

爬山,
渡河,
走沙漠……
永作异乡的生客;
你们是最耐心的拓荒者,
你们是中国式的探险家。

而今天呵!
"你俩如此安静——
让血任意流吧,
我们的血已淹没了
产自东洋

绽放在长城上的炸弹花,
从血灌溉的土地上生长的
将是更鲜丽的花朵呀!"

你却还固执地抱着骆驼,
诚朴的旅人呵!
当你吐出一口气的时候,
你猛力抖擞你
惯于行走的生毛的腿,
瞪大看惯远方的眼睛,
张开你的嘴,
而是无声息地缄默……

赶快听吧,
那整个中国草原上的
比炸弹还宏大而铿锵的
突破旷野的挽歌。

1939 年 8 月晋察冀草
1940 年 3 月抄改

我 与 枪

我不当古代高贵的骑士,
我不做英飒的侠客;
我憎恶绞杀人类的刽子手,
我是无数伙伴中的一个——
忠实的枪的爱者。

我枪闪烁豪光,
我枪刺银亮,
我枪七斤半重,
我枪米达二长,
我枪来复线像白色小蛇,
我枪怀着耀眼的胸膛。
我枪扳机一动——
子弹有如雨落雷声响。

枪——

我勇敢的青春呵!
枪——
我生命的卫士呵!
我持枪走向永生,
我持枪通过原野
河流山岗
城市与村庄,
我的路是有仇敌的地方,
我的路铺着太阳的红光。

我卧时,枪如巨蟒伏草原,
我立时,枪如野兔飞在禾苗间,
我冲锋,那枝枪呀
就化做一枝银色的箭
奔驰着,奔驰着……
直向敌人的喉咽。

我不当古代高贵的骑士,
我不做英飒的侠客,
我枪击绞杀人类的刽子手,
我是无数伙伴中的一个——
未来的人类幸福的开拓者。

1940 年 5 月 4 日陕北绥德

一个声音

"呀——"
你只响这么一声吗,好同志?
而战斗的骚音统治的峡谷里,
你的声响在那爆炸和弹流的回旋之下,
又显得怎样地低微与无力呵!
……你就那么猝然地
放倒你金属般沉重而壮大的身躯,
好像喝醉了烈性的高粱酒,
浪漫地关闭了你织着红网的眼睛。

好同志,你活着的时候,
你年轻的灵魂永浸在战斗的沉默里。
直到你倒下去的一秒钟以前,
你还在沉默地向前冲击,
当你倒下去,最后告别我们,
你又如此吝啬你的黄金的语言——

不是遗嘱,不是付托,
不是呼喊,不是呻吟,
不是哭泣,不是歌唱,
也不是笑……
只是那单调的一声呵,
有如婴儿来到世界上的第一声。

由于你那声音的感召,
你的同志们立即奔驰而来,
庄严地望望你,拾起倒下的长枪,
射出未发的子弹又奔驰而去……
由于你那声音的感召,
小鬼卫生员哭丧着脸走来,
握握你的冷手,用一块白净的纱布
堵住你脸上那条血液的小河。
由于你那声音的感召,
你的老乡们抬着担架踽踽而来,
安置你在麻绳所编织的松软的睡处,
举着你走向光亮的小路,光亮的田野……

(就这样
你安详地睡了……)
随后,你祖国草原的风暴,
摹拟你的声音而歌唱。
你祖国天空的飞行合唱队——

那小鸟群也追踪着你,
以童贞的音带唱它铿锵的生命之歌。
你的伙伴们在你辽阔的坟场,
响起了撼天的凯旋的大合唱。

1941年4月于延安

草　鞋

预备号刚刚落音,
我就换上我的草鞋
跑步,钻进我的同志之群去了。

班长说:
"你的草鞋真漂亮……"
我涨红了脸,低下头……
而出发的号音正响起来,
我就淹没在一条草绿色的
无数的人群的河流里
冲走了。

……而我发现
我的同志们都穿的是草鞋,
我是多么地快活呀,
他们的好像比我的更美丽。

呵，那不像是草鞋，
那是鲜艳的小野花群，
草鞋排成行列
行过绿色的草原，
有如野花漂游在蓝澄的溪水面上，
不，那好像又不是野花，
那是一列彩色的小鸟，
一个小鸟追逐着一个小鸟，
以它英雄的姿影
炫耀给世界。

草鞋的尖顶
结着骄傲的彩球：
圆圆的，
毛茸茸的，
摇着头而泛着光丝的……
草鞋的羽翼
呈着反叛的色调：
像旗帜那么殷红的，
像野葡萄那么紫得大胆的，
像小草那么绿得年轻的……

草鞋的上面
有阳光

有小风
抚以温情的热吻；
草鞋的底下
有大地
有浅草
唱着沉洪的壮歌。

可是，这美丽的草鞋，
却忠实地卫护着我的同志的脚
像旱地里的船只
载着这光荣的旅客。
草鞋是负着我的同志的光荣，
正如土地，以负着草鞋的光荣
而引为骄傲呢。

我的同志个个都是年轻力又大，
我的同志的脸都亮着黑红，
我的同志的眼睛都闪着深沉的骄傲，
我的同志的心都跳着勇敢，
我的同志的喉咙都含着无声的战歌，
我的同志的枪光闪烁，
我的同志的步武轩昂，
我的同志的草鞋呀，
是无限奋激地向前奔行。

而我发现
我也是其中的一个呀！
我是如此快活——
快活得好像已不是穿着草鞋走路，
像是骑着小鸟，
飞驰在祖国的神圣的天空上了。

1941年7月于延安

晨　歌

是秋天
秋天的早晨我老是起得很早
而且爱在黎明的薄雾里
去访问延河
延河
天天唱着小曲
呼唤我——
呵,我来了
我的延河
我是你的一条小支流呀
投奔你
自我从幻丽的梦里带来的
笑的碎响
和低吟的
我的歌

我就想

我怎么好像更年轻、年轻的多!

——我走在白色的雾层里的山坡上

像是一个腾云驾雾的小仙童

到深山的古泉

取圣水。

我走着,蹦跳地走着

一转眼,

我到了我的蓝色的延河

延河上

有一个先我而来的

年轻的女同志

她正蹲在一块突出水面的石头上

洗她那冻得发红的脸

她那黑色的长发垂落在水面

她不能看见我

但听见

我唱歌。

她问:

——你唱的是什么?

我笑了笑

我猛然扬起我的手臂

朝向孕育着太阳的东方的天空

新鲜的天空

挺开胸脯而深呼吸……

那山
——太阳的屏风
现在是更高而且大了
那青色的宝塔
和那塔下的半圈城墙
好像被火亮的光焰
炼成古代的青铜的巨人铸像
那收割的田野
那草坡
那河岸
都像是着了火了,着了火了……

呵,我的马呢
马呢,让我骑上如飞地远去……
我的枪呢
枪呢,崩地一声
叫我的仇敌应声倒地……

而什么时候
我的农民型的粗壮的影子
跃进河里
去了
呵

早安!
世界恩赐给你
少有的健康的样子啊!
今天,你
你还忧郁吗?
病吗?
悲哀吗?
呵
你是多么像一个英劲的骑士
骄傲吧,年轻的你!

天不早了
随便洗了几下脸
我就怀着对于世界的深沉的感谢
和爱恋
又唱起
我的歌
走回来——
那个女同志又踱步在大路上
边走边读着书
我没有惊扰她,悄悄走过……
河的对岸
一个农夫赶着黄牛来了
往来的人群也把大路上的尘土扬起
我的同志

都动起来了
小鬼们忙着收拾农具去生产……

而我
真的是一条延河的小支流
不能呈献给
秋天的早晨
歌唱以外的东西吗?

1941年10月12日在延安蓝家坪

向困难进军

骏马
　　在平地上如飞地奔走，
　　有时却不敢越过
　　　　　　湍急的河流；
大雁
　　在春天爱唱豪迈的进行曲，
　　一到严厉的冬天
　　　　　　歌声里就满含着哀愁；
公民们！
你们
　　在祖国的热烘烘的胸脯上长大，
会不会
　　在困难面前低下了头？
不会的
　　我信任你们
　　　　　甚至超过我自己，

不过
　　我要问一问
　　　　　　你们做好了准备没有？
我
　比你们年长几岁
　　　　　　而且光荣地成了你们的朋友，
禁不住
　　　要把你们的心
　　　　　　带回到那变乱的年头。
当我的少年时代
生活
　　决不像现在这样
　　　　　　自由而温暖，
我过早地同我们的祖国在一起
　　　　　　　　负担着巨大的忧患，
可是我仍然是稚气的，
人生的道路
　　．在我看来是如此地一目了然，
仿佛
　　只要报晓的钟声一响，
神话般的奇迹
　　　　　就像彩霞似的出现在天边，
一切
　　都会是不可思议地美满……
呵，就在这个时候

　　　　　　严峻的考验来了！
抗日战争的炮火
　　　　　　在我寄居的城市中
　　　　　　　　　　　　卷起浓烟，
我带着泪痕
　　　　　　投入红色士兵的行列
　　　　　　　　　　　　走上前线。
……真正的生活开始了！
可惜
　　　　它开始得过于突然！
我呀
　　　　几乎是毫无准备地
　　　　　　　　　　遭遇到一场风险。
在一个雨夜的行军的路上，
我慌张地跑到
　　　　　　　最初接待我的将军的面前，
诉说了
　　　　我的烦恼和不安：
打仗嘛
　　　　我还不能自如地往枪膛里装子弹，
动员人民嘛
　　　　　　我嘴上只有书本上的枯燥的语言。
我说：
　　　　"同志，
　　　　　　请允许我到后方再学几年！"

于是
　　将军的沉重的声音
　　　　　　　在我的耳边震响了：
"问题很简单——
不勇敢的
　　　　在斗争中学会勇敢，
怕困难的
　　　　去顽强地熟悉困难。"
呵呵
　　这闪光的话
　　　　　　像雨点似的打在我的心间，
我怀着感激
　　　　回到我们的队伍中
　　　　　　　　继续向前……
现在
　　十八年已经过去了，
时间
　　锻炼了我
　　　　　　并且为我们的祖国带来荣耀，
不是我们
　　　　被困难所征服，
而是那些似乎很吓人的困难
　　　　　　　　一个个
　　　　　　　　　　在我们的面前跪倒。
黑暗永远地消亡了，

随太阳一起
　　　　　滚滚而来的
　　　　　　　　是胜利和欢乐的高潮。
公民们
　　　我羡慕你们，
你们的青年时代
　　　　　就这样好！
你们再不要
　　　　赤手空拳
　　　　　　　去夺敌人手中的三八枪了，
而是怎样
　　　去建造
　　　　　　保卫祖国的远射程的海防炮；
你们再不要
　　　　乘着黑夜
　　　　　　　去挖隐蔽身体的地洞了，
而是怎样
　　　寻根追底地
　　　　　　到深山去探宝；
你们再不要
　　　　越过地堡群
　　　　　　　偷袭敌人控制的城市了，
而是怎样
　　　把从工厂中伸出的烟囱
　　　　　　　　筑得直上云霄；

你们再不要
　　　　打着小旗
　　　　　　　到地主庭院去减租减息了，
而是怎样
　　　　把农业生产合作社
　　　　　　　　办得又多又好……
是呵
　　连你们遭遇的困难
　　　　　　都使我感到骄傲，
可是我要说
　　　　它的威风
　　　　　　　决不会比从前小。
社会主义的道路上
　　　　并非
　　　　　　平安无事，
就在阳光四射的早晨
　　　　　　也时常
　　　　　　　　有风雨来袭，
帝国主义者
　　　　对着我们
　　　　　　每天都要咬碎几颗吃人的牙齿，
生活的河流里
　　　　随处都可能
　　　　　　　埋伏着坚硬的礁石，
旧世界的苍蝇们

　　　　　在每个阳光不曾照进的角落
　　　　　　　　　　　生着蛆……
新生的事物
　　　　　每时每刻都遇到
　　　　　　　　　没落者的抗拒……
然而我要告诉你们
　　　　　　凭着我所体味的生活的真理：
困难
　　这是一种愚蠢而又懦怯的东西，
它
　　惯于对着惊恐的眼睛
　　　　　　　卖弄它的威力，
而只要听见刚健的脚步声
　　　　　　　就像老鼠似的
　　　　　　　　　　　悄悄向后缩去，
它从来不能战胜
　　　　　人们的英雄的意志。
我要号召你们
　　　　　凭着一个普通的战士的良心
以百倍的
　　　　勇气和毅力
　　　　　　向困难进军！
不仅用言词
　　　　　而且用行动
　　　　　　　说明你们是真正的公民！

在我们的祖国中
　　　　困难减一分
　　　　　　幸福就要长几寸,
困难的背后
　　伟大的社会主义世界
　　　　　　正向我们飞奔。

　　　　　　　1955年11月草成
　　　　　　　1956年1月9日定稿

把家乡建成天堂

公民们
　　　——我的尊敬的朋友和兄弟！
请不必问我：
在我们的祖国
　　　　　什么地方最美丽？
也别叫我答复：
人，最好是住在家乡
　　　　　还是定居在外地？
……对于我
　　　祖国的每一块沙土
　　　　　　　都是晶亮的宝石，
我愿
　　每座高山，每片平原
　　　　　　　都印上我七寸长的足迹。
而家乡
　　我实在不想

　　　　　　随便把它提起，
它呀，
太容易触动
　　　　　我的浓酒般的思绪……
呵,长城外的
　　　　　生我养我的小镇哪，
在滚滚的风沙中
　　　　　是不是
　　　　　　　　比在我小的时候更坚毅？
我家房前
　　　　　那与祖父同年的杏树呀，
你四伸的枝叶
　　　　　可又该
　　　　　　　染上春天的新绿？
我知道，
　　　　祖国和家乡
　　　　　　　是这样紧密地联结在一起，
当我想起家乡，
　　　　　我的心
　　　　　　　跟着就向祖国展开了双翼，
我要像鹰一样
　　　　　呼吸着
　　　　　祖国的高空的大气，
用激动得快要流泪的眼睛
　　　　　　看一看

　　　　　　　我所爱的每一块土地
　　　　　……
呵,那跟我家乡同样偏远的
　　　　　　　小村和小镇哪,
在社会主义高潮中
　　　　　你们可也沸腾着
　　　　　　　　战斗的气息?
那在茫茫天边的
　　　　　粗犷的高山和绝壁啊,
祖国的阳光
　　　是不是
　　　　　也把你们化成灿烂的金子?
然而,朋友们!
我不能
　　老是这样地
　　　　　在无边的想象中驰奔,
我的诗句是战鼓,
　　　　永远永远
　　　　　　　催动你们前进,
因为
　　你们真正是
　　　　一支精力旺盛的新军,
人民指望着你们
　　　　为祖国
　　　　　　打开幸福的金门!

那就从

　　　　你们自己的家乡开始吧，

为了它

　　　　献出你们的

　　　　　　　　瑰美的青春。

当你们的家乡

　　　　　　开满鲜花的时候，

我的家乡

　　　　也就会荡漾着

　　　　　　　　奇异的芳芬。

呵,家乡

　　　　如此多情地

　　　　　　　　把我这长年在外的人吸引,

住在家乡的人们哪

　　　　　　　你们该不会

　　　　　　　　　　嫌它落后和清贫？

公民们

　　　　不要只看见

　　　　　　　　洒满村街的

　　　　　　　　　　猪屎和牛粪，

那来来回回

　　　　快乐地走着的

　　　　　　　　有多少高尚的纯洁的人！

不要只听见

　　　　对着牲口发出的

　　　　　　　　粗俗的骂声，
那合作社的
　　　　自我批评的会议里
　　　　　　　　展开了多么有趣的争论！
不要只看见
　　　　保守分子的
　　　　　　　　债主似的恼人面孔，
那年老的干部的眼睛
　　　　　　闪耀着
　　　　　　　　何等豪迈的党的精神！
不要只听见
　　　　反动人物的
　　　　　　　　流言和蜚语，
那民校里的
　　　　少女的读书声
　　　　　　　　该是多么动听的歌音！
是的，
　　生活就是这样：
有人烟的地方，
　　　　　　就有先进的力量，
谁跟先进的力量在一起，
　　　　　　　　谁就过着幸福的时光。
公民们！
　　　　投入英雄的行列，
　　　　　　　　穿上战斗员的新装，

亮开结实的大手,
            掀起社会主义的狂风巨浪!
让每座高山
        都发出
            火药轰裂岩石的巨响,
让每片田野
        都响彻
            劳动的歌唱,
让每个黑夜
        都布满
            焊工手中的蓝光,
让每个拳头
        都对准
            敌人的胸膛,
凭着
    我们自己的
            意志和力量,
把你们每一个人的家乡
                建设成
                    美好的天堂。

像我这样
        住居在外地的人哪,
也要怀着
        感激的心情
                向自己的遥远的家乡瞭望,

我的
　　亲如骨肉的邻居啊,
每天每月
　　　　都要把惊人的喜报,
　　　　　　　　向我的住所传扬……
而我
　　决不把
　　　　你们的家乡遗忘,
在我的脚下的土地
　　　　　　也就是
　　　　　　　　我自己的家乡。
为了祖国
　　　　我将以全部生命
　　　　　　　　贡献给每一个地方,
当自己的家乡成了天堂的时候,
我们的祖国
　　　　也就是
　　　　　　我们共同的天堂般的家乡。
公民们
　　——我的尊敬的朋友和兄弟!
请不必问我:
在我们的祖国
　　　　什么地方最美丽?
也别叫我答复:
人,最好是住在家乡

　　　　　还是定居在外地?
……当你们
　　　　住在家乡的时候
　　　　　　　　家乡就是最美丽的,
当需要离开家乡的时候,
祖国的每块土地
　　　　都会使一个爱国者感到神奇。

　　　　　　　　　1956年1月29日深夜

闪耀吧，青春的火光

我几乎不能辨认
　　　　　这季节
　　　　　　　　到底是夏天还是春天，
因为
　　在我目光所及的地方
　　　　　　　　处处都浮跃着新生的喜欢，
我几乎计算不出
　　　　　我自己
　　　　　　　　究竟是中年还是青年，
因为
　　从我面前流过的每一点时光
　　　　　　　　　都是这样新鲜。
我呀
　　——好动而且兴趣过于广泛，
只是对
　　　　这样的生活
　　　　　　　　发生了永世不渝的爱恋，

我呀
　　——渺小而平凡，
可是我把自己
　　　　看做巨人
　　　　　　辽阔的国土就是我的家园。
敬爱的朋友们啊
　　　　不是我这人
　　　　　　有什么奇异的性格，
而是由于
　　　我们生活在
　　　　　一个最奇异的中国。
中国曾经是一个
　　　　贫穷的、勤恳的、孤单的
　　　　　　　　老婆婆，
生活的重负
　　　使她的皮肉变得干瘪
　　　　　　头上的白发光脱，
而生活的热情
　　　却没有减退
　　　　　劳动的机能也没有衰落，
活呵，活呵
　　　哪管难以忍受的饥寒
　　　　　　与老年人的寂寞！
……忽然有一天
　　　骄傲的少女时代

　　　　　　　居然在她身上复活，
她
　　于是在地球的脊梁上
　　　　　　　同地球一起隆隆地转进着，
在她的周遭
　　　　　腾起了风声簌簌
　　　　　　　　　和玫瑰色的云烟朵朵，
她身上的每根血管
　　　　　　如同河流
　　　　　　　　　跳荡着闪电般的光波，
可是她温柔而敦厚
　　　　　　　仍然没有改变
　　　　　　　　　　仁慈的老祖母的品德，
她以灼热的激情
　　　　　　在她的儿女心中
　　　　　　　　　　点燃了青春之火。
呵，我的同时代的
　　　　　　　伙伴们，
青春
　　属于你
　　　　属于我
　　　　　　属于我们每一个人，
让我们
　　　同我们的祖国一起
　　　　　　　度过这壮丽的青春。

然而
  青春
    不只是秀美的发辫
        和花色的衣裙，
在青春的世界里
     沙粒要变成珍珠
        石头要化做黄金；
青春的所有者
     也不能总在高山麓、溪水旁
         谈情话、看流云，
青春的魅力
    应当叫枯枝长出鲜果
         沙漠布满森林；
大胆的想望
   不倦的思索
     一往直前的行进，
这才是
  青春的美
    青春的快乐
      青春的本分！
是啊，我们不要
    那种旁观者，
他来到这世界上
    既不同谁发生争执
       也不办半点交涉，

不,我们是沸腾的铁水
　　　　　　每一滴
　　　　　　　　　都发出高热,
我们走到哪里
　　　　　就把哪里的黑暗和寒冷
　　　　　　　　　　　冲破;
我们不喜欢
　　　　那种饶舌的"勇士",
瀑布般的埋怨之声
　　　　　淹没了
　　　　　　　露珠大的真正的努力,
不,我们是生活的勘测员
　　　　　　珍惜大地上的
　　　　　　　　　每一块矿石,
当我们与恶行作战
　　　　　也不用无力的叹息
　　　　　　　　而靠准确的射击;
我们讨厌
　　　　那种看风转舵的船手,
他心中没有方向盘
　　　　　只懂得
　　　　　　　跟在人家的屁股后,
不,我们宁愿做个萤火虫
　　　　　　永远永远
　　　　　　　　　朝着光明的去处走,

即使在前进的途中
　　　　　　焚身葬骨
　　　　　　　　　也唱着高歌不回头；
我们憎恶
　　　　那种自私自利的庸人，
人活着
　　　　只是为了生前的享乐
　　　　　　　　　和死后的阔气的仪殡，
不，我们的纯洁的心灵
　　　　　　　不能
　　　　　　　　　蒙上一粒灰尘，
我们每一滴血汗
　　　　　　都为的是
　　　　　　　　　贡献给我们所深爱的人民。
呵，曲折的道路
　　　　　　是这样地漫长，
一不小心
　　　　就要走上岔道
　　　　　　　　陷进泥塘，
然而，英雄的意志
　　　　　　谁也不能阻挡，
祖国
　　　给我们
　　　　　以力量。
闪耀吧

　　　　青春的火光，
闪耀吧
　　　　青春的火光！
我们为什么不能
　　　　　　在这片国土上
　　　　　　　　　创造惊天动地的奇迹，
让我们的仇敌
　　　　　　在遥远的角落里
　　　　　　　　　唉声叹气？！
我们为什么不能
　　　　　　使我们的外表和心灵
　　　　　　　　　变得又纯洁又朴质，
使一切最鲜艳的花朵
　　　　　　都低下头
　　　　　　　　　感到羞愧无地？！
我们为什么不能
　　　　　　几倍地加快
　　　　　　　　　我们事业的前进速率，
让腐朽的资本主义世界
　　　　　　懂得
　　　　　　　　　他们是可望而不可及？！
我们为什么不能
　　　　　　一个人
　　　　　　　　迸发出三个人的威力，
让神话里的

　　　　移山拔海的英雄
　　　　　　　　　　在上空叹息?!
朋友们
　　　　我们能呵
　　　　　　　而且这算不了什么!
因为
　　　我们的脚下
　　　　　　　是青春的祖国。
再没有别人
　　　　　　主宰着
　　　　　　　　　这伟大的生活,
而每一点缺陷
　　　　　　　我们都承担着
　　　　　　　　　　　全部的罪过。
我们永远不会
　　　　　　忘记我们这
　　　　　　　　　神圣的职责,
我们永远不会
　　　　　　把这壮丽的青春
　　　　　　　　　　　辱没!
呵,青春
　　　　愿你光芒四射,
青春
　　　你一天也不能离开我!

　　　　　　　　　　　1956年6月1日

无 题[①]

（残　篇）

我的枪呢，

我的枪呢？

我的枪已经锈成枯枝。

在积年的风霜雨雪糜烂，糜烂得如同埋在土里的枯枝。

我的马呢，我的马呢？

我的马早就在沙场战死。

我的青春呢，我的青春呢？

我的青春正在摇着响亮的回声，向无法探索的空中遁去。

然而，——

我的枪呵

[①] 写于1956年。

在未来的战斗的青春里,你还得像过去一样,射出那如我
　　的胸脯烘暖过的流星般的子弹。

我的马呵,在展现在我的前面的辽程中,你还载负我,跋
　　山涉水,到达那神圣的终点。

夜的无边的翅膀在飞翔
在无边的海面扇起了波浪,
我坐在突出水面的岩石上,激动着,思考着,搜捕着我的
　　诗句……

"什么人?"一个粗粝的声音从我的背后响起,一条白色的
　　光向我射来,
我战抖了一下,站起身来!

不,不,我笑了。

山　中

一

我要下去啦——
这儿不是战士长久住居的地方,
我要下去啦——
我的思想的翼翅不能在这儿飞翔,
我要下去啦——
在这儿待久了,我的心将不免忧伤,
我要下去啦——
简直来不及收拾我一小卷行装……

二

冷漠、寂静、安详,
一切都似乎是这样怪诞和反常。

那轻捷的蝴蝶般的落叶
跌在地上,竟也发出惊心的巨响,
秋风像撒野的妇人的手
急剧地敲打着寺院的红墙,
小河如同闷坏了的孩子
喧闹着,要到广阔的野地去游荡。

三

而我,曾是一个道地的山民,
多少个年头呵在山中驰奔。
就是那一场又一场的急雨呀,
刷去了我生命的青春;
那绿了又黄、黄了又绿的树丛里,
也隐藏过我这颗暴跳的心。
可是我一次也没有
听过这样的风声,看过这样的流云……

四

在那些严峻的日子里,
每个山头都在炮火中颤动。
而那无数个颤动着的山头上,
日夜都驻扎着我们的百万雄兵。
而每个精壮精壮的兵士,

都有长枪在手、怒火在胸,
那闪着逼人的光辉的枪刺呵,
每一支都刺进郁结着雾气的天空。

五

我也是这些兵士中的一个呀,
我的心总是和他们的心息息相通。
行军时,我们走着同一的步伐,
宿营了,我们做着相似的好梦,
一个伙伴在身旁倒下了,
我们的喉咙里响起复仇的歌声,
一个新兵入伍了,
我们很快就把他引进战斗的人生。

六

现在,那样的日子早已过去,
这个山区也不再是那个山区。
我住的是一个已故资本家留下的别墅,
在我手中的是一支迟滞的笔,
我的枪呢,我的枪呢,
不知在哪一座仓库里烂成枯枝,
我的马呢,我的马呢,
怕早在哪一个合作社里拉上了犁。

七

是我眷恋那残忍的战斗吗?
不,在战争中我每天都盼望着胜利。
是我不喜欢这和平的国土吗?
不,我喜欢,我爱,我感激。
是我讨厌这山中的景色吗?
不,初来的时候我也有很好的兴致。
只是我永远永远也不能忘记
我曾经而且今天还是一个战士。

八

我的习性还没有多少变移,
沸腾的生活对我有着强大的吸引力,
我爱在那繁杂的事务中冲撞,
为公共利益的争吵也使我入迷,
我爱在那激动的会议里发言,
就是在嘈杂的人群中也能生产诗。
而那机器轰隆着的工地和扬着尘土的田野呀,
我的心没有一天不向你们飞驰……

九

　　我要下去啦——
　　树叶呀我不能让你载着金色的时光轻轻跌落！
　　我要下去啦——
　　秋风呀你不要这样把我折磨！
　　我要下去啦——
　　小河呀我要同你一起走向喧闹的生活！
　　我要下去啦——
　　人们需要我像作战般地工作！

1956年8月初稿

11月9日改成

致 大 海

大海呵,
我又一次
　　　　来到你的奇异的岸边。
……无须频频的招手,
也不用那令人厌倦的寒暄,
厚重的情谊
常像深层的海水
　　　　　　——并不荡起波澜。
没有朗朗的大笑,
也没有苦咸的眼泪
　　　　　　滴落在风前,
在我胸中涌起的
是刻骨铭心的纪念。
我自己呀,
从来也不是
　　　　骠悍而豁达的勇士,

无端的忧郁
像朝雾一样
　　　　　蒙住了我的少年。
小小的荣誉或羞辱，
总是整夜整夜地
　　　　　在我的脑际纠缠，
我反抗着，怨恨着，
只不过是为了个人的命运
取得些微的改善。
在一个秋天的
　　　　　没有月亮的夜晚，
我，如同一只失惊的猫，
跳出日本侵略者的铁栏。
载着沉重的哀愁
偷偷地，偷偷地
登上那飘着英国旗的商船。
统舱里，充塞着
陈货和咸鱼的腥臭气味，
被绑着手脚的浮尸
在船边激荡起来的
　　　　　带血的泡沫中打旋。
当黄色的波涛，
吞没了岸上的灯火，
我也仿佛沉入海底，
周围是无边无际的黑暗。

夜风呀,
吹去了
   一个知识分子的可怜的梦幻,
残忍的世界哟,
何处才有
   这个脆弱的生命的春天?
呵,真是神话般的奇遇啊!
——当黎明降临时
伴随着太阳向我迎来的
竟是一条发亮的黄金似的海岸。
……我甚至来不及站在岸边
谛听大海的深沉的咆哮,
也不曾想起
   要问一声早晨好,
少年的倨傲的心
又重新在我的肋骨中暴跳,
我急速地迈着英武的步子,
踏上了海滨的林荫大道。
我毫不思索人生
也无心去追寻
   大海的奥妙,
放浪地躺在软和的沙滩上,
足足睡了三个香甜的午觉;
又跟一位比我更自负的同伴
在高谈阔论中

　　　　　度过三个通宵。
第四天,在阳光满地的清早,
我又匆匆地走了。
我走了,带走的记忆是什么呢?
无非是来时的渺小的哀愁,
去时的稚气的欢笑;
我走了,目的何在呢?
与其说是为灾难中的祖国报效,
不如说是为了在反抗侵略的战争中
索取对于个人的酬劳。
大海呵,
你刚健而豪迈的声响,
并没有给我的心灵以感召,
你的博大与精深
也不曾改变
　　　　　我的胸怀的狭小。
呵,殷红的大旗,
把我卷进了西北高原的风暴,
一只跛了腿的驴子
把我驮到一座古老而破落的城堡,
在那里,我换上了
灰布的军装,
随后,一声号令
把我喝上了战斗的岗哨。
而党的思想和军队的纪律

这时就以其特有的真理的光辉，
无孔不入地把我的身心照耀，
而死神则像影子一样
追踪着我，并且厉声逼问我
——你是战斗，还是逃跑？
我不久就被折服了，
纵然我的心中
　　　　　　也有过理所当然的烦恼；
我再也不想到别处去了，
因为我已经渐渐地
　　　　　　与周围的世界趋于协调。
北方的风沙的呼啸之声，
在我的耳边
　　　　　　变为使我迷醉的音乐，
而遥远的海洋呢
我已经忘记了
好像在梦中都不曾见到。
呵，大海，又是神话般的奇遇啊？
——今天我再一次
来到你的黄金似的岸边，
以战士的激情
　　　　　　默默地向你致敬。
……那平静的海滨
立刻出现了红楼绿树的倒影，
那里，好像站着一位旅店的主人，

对着他所熟识的宾客笑脸相迎。
小群小群的渔船也向岸边驶来,
白帆,好像海鸥扇着翅膀,
向久别的亲人传送柔情。
而我呀,好像还是在火线上那样,
为了一种神圣的爱
甚至甘心情愿
　　　　　　献出自己的生命,
不,好像世界上已经没有了我,
我就是海,
我的和海的每一呼吸
　　　　　　都是这样息息相通。
高大的天空
成了最有天才的画家,
不住地把那雄劲的大笔挥动,
它给大海涂上万种色彩,
而且变幻无穷。
爽朗的风
仿佛无所不能的神仙,
迈着轻捷的脚步在海上巡行,
它到了哪里,
哪里就开出云朵似的浪花,
发出金属般的回声。
巨大的太阳
如同点石成金的术士,

用它的神妙的手把大海拨弄,
那无数条水波变成了无数条金鱼,
放肆地跳跃着,挤撞着
展开了一场火烈的战争。
无边的海面,
仿佛一个顶天立地的巨人,
袒露着他的硕大无比的前胸,
让一切光波在这里聚会,
让一切声音在这里喧腾,
让一切寒冷者在这里得到温暖,
让一切因劳累而乏困的人
在这里进入幻丽和平安的梦境。
大海呵,
在你的面前,
我的心
　　　久久地、久久地不能安静,
我并不是太愚蠢的人,
可是为什么,为什么不能更早些
开始你那样的灿烂的人生!
太多的可耻的倦怠,
太久的昏沉大睡,
代替了你那样的勤奋和清醒;
无聊透顶的争执,
为了小小的不如意而忧心忡忡,
代替了你那样的大度和宽容;

孤高自傲的癖性,
只会保护自己的锐敏的神经,
像梦魇似的压住了你那样的广阔的心胸;
生活的琐屑与平庸,
无病呻吟而又无事奔忙,
像垃圾一样
　　　　　　填塞住像你那样的远大的前程。
现在,我总算再一次地
悟到了我的明哲的神圣,
让你的圣洁的水
洗涤洗涤我的残留着污迹的心灵。
呵,大海,在这奇异的时刻里,
我真想张开双手
　　　　　　纵身跳入你的波涛中。
但不是死亡,
而是永生。
我要像海燕那样
吸取你身上的乳汁
去哺养那比海更深广的苍穹;
我要像朝霞那样
在你的怀抱中沐浴,
而又以自己的血液
　　　　　　把海水染得通红;
我要像春雷那样
向你学会呼喊,

然后远走高飞

　　　　　去吓退大地上的严冬；
我要像大雨那样，
把你吐出的热气变成水滴，
普降天下，使禾苗滋长，
使大海欢腾……

　　　　　　　　　1956年7月初稿,在青岛
　　　　　　　　　1956年12月改,在北京

昆仑山的演说

横空出世,莽昆仑,阅尽人间春色。

——毛泽东:《念奴娇·昆仑》

请听一听,听一听
多少万年来我的第一次演说

纠缠在我腰间的茫茫云雾啊,
散开些,散开些!
不要遮蔽,不要遮蔽
我脚下的崭新的人间春色!
在我身边嘈叫的大风雪啊,
停一停,停一停!
不要干扰,不要干扰
我这发自肺腑的带血丝的音波!
活在大地上的、白发苍苍的孩子们,
身高五尺的婴儿们,

——我的人类的子孙啊,
安静一会,安静一会吧!
请听一听,听一听
多少万年来我的第一次演说。

我,本来就不是
一个清净无为的出世的老者

我,本来就不是
一个清净无为的出世的老者,
我的永不停息的心
时时都在向往着大地上的生活。
站在这俯瞰一切的高处,
我总是与变化着的大地共忧患、同欢乐,
为了思虑着未来的日子,
我的叹息化成雷声,眼泪积为长河。
难以数计的悠长的年代呵,
从我的身旁缓缓地擦过,
它在我的皮肉上刻下深邃的皱纹,
也使我郁结的太久,懂得的太多……
可是,我的胸中纵然有万语千言,
我又能够向谁人诉说?

在那遥远又遥远的洪荒时代

在那遥远又遥远的洪荒时代,
不知道经过多少难产的日子,
我在这地球的东方出生。
当我的头最初从海面上昂起,
我的心中真是充满了感激之情。
阳光温煦地照在我的身上,
我仿佛初生的婴儿睡在母亲怀中。
这时,我简直成了勇敢的航海家,
对于世界抱着无限的憧憬。
然而,一种莫名的恐怖很快就向我袭来了,
静静的天上时而电光闪闪、雷雨齐鸣,
爆发的火山传来霹雳般的轰响,
来自北方的冰块向我身上直冲。
哦,谁是我的同伴和朋友呢?
喜马拉雅山、天山、阿尔泰山,
只能远远地向我闪一闪悒郁的眼睛,
令我厌恶的海底下的古怪生物,
像臭虫一样在我身上爬行。
那世界是何等单调而缺乏色彩呵,
山上没有一朵鲜艳的花,
水里没有一头雄才大略的蛟龙,
空中没有一只美丽的蝴蝶和蜜蜂……

在那一个接着一个的不眠之夜里，
我困惑而悲苦地想着又想着，
我的命运哪，也许永久这样孤独而凄冷，
什么对于未来的信念，
什么不灭的希望之火，
无非是一场没有边际的幻梦。
好像一个最忠贞的未亡人，
默默地站在死者的棺木前面那样，
我凝然不动地站在我的位置上，
等待着为我的世界送终……

大约在五十万年以前
我第一次发现你们人类的祖先

而世界终究没有辜负我啊，
大约在五十万年以前，
在我脚下的密密的树林里，
我第一次发现你们人类的祖先。
当我看见它们在树丛中架起巢穴，
用前肢沿着树干向上攀援，
用石头砸破野果子的外壳，
用棍子挖掘地下的植物根，
直立起来用下肢走路，
又从树林里走向平坦的草原……

呵,像是年青的母亲,
看见第一个孩子呱呱坠地,
我的心是又惊奇、又喜欢!
世界是多么需要这聪敏的生物呀,
只有它们才能改变大地的容颜。
像我,又会有什么真正的作为呢?
纵有长久的寿命,却是不化的冥顽。
我把全部希望寄托于它们了,
看见它们,我就看见了世界的春天。
我说这话请你们不要见笑,
尽管你们的灵智高出它们很远,
如果没有它们的坚韧的奋斗,
你们至今还是遍体长毛跟野兽作伴。
自然,正如你们的学者称道的那样,
它们还不是"人",而是"人猿"。

大约又经过四十五万个年头,世界发生了一个伟大的跃进

大约又经过四十五万个年头,
世界发生了一个伟大的跃进。
在那黄土冲积的平原上,
出现了最可骄傲的形象——人。
我知道,这在你们的史册里没有记载
但我的记忆里却印得深深。

当他们成群地在森林中出没，
大地上曾卷起激变的风云。
他们手持弓箭去猎逐鸟兽，
鸟兽们就惊惶失措了，
嚎叫着，奔向遥远的山林；
他们在黑夜里燃起熊熊的火光，
那凶恶的豺狼虎豹，
也只能眨眨红色的眼睛，
拖着沉重的尾巴，向远方逃遁；
他们剥取兽皮制作御寒的服装，
那兽皮的主人也只能怯懦地望一望，
以叹息来发泄满腔的憎恨；
他们用木石盖起结实的房子，
威严的风雪也感到无能了，
只好泄愤地吹打着它的窗门；
他们把石头和兽骨磨削为工具，
把鱼刺做成尖利的针，
让他们的双手巧夺万能的神；
他们把复杂的思想织成语言，
那以歌唱闻名的小鸟，
都妒嫉地不愿在他们面前行吟；
他们自己集居在一起，
共同劳动，分享着获得到的一切，
繁殖着、养育着他们的儿孙；
他们披荆斩棘，开辟道路，

垦殖田地,种植谷物,
野性的大自然呵,也变得驯顺。
呵,当我看到了这一切,
我真想写下巨幅的诗篇,
赞美这大地上的壮美的青春,
可是,我又真切地望见
那向我滚滚而来的,
还有比这更急速地旋转着的
历史的车轮……

现在,我不能不以沉重的心绪来概括地描述近几千年的历史

喂,我的可敬的子孙们,
现在,我不能不以沉重的心绪
来概括地描述近几千年的历史。
你们的史家虽曾写下了
连篇累牍的浩繁史册,
然而,一个历尽沧桑的老者的话,
对你们怕也不会全无意义。
骄傲应当属于你们——
你们在一段暂短的时间里,
(与我的寿命相比不过是一瞬)
统治了、征服了整个的大地。
王朝的宝座由你们坐定了,

无论是猛虎、巨象以至鲸鱼，
也无论是飓风、大雨或洪雷，
都没有力量摘去你们王冠上的宝石。
你们用劳动的彩笔，
把枯黄的原野涂上一层老绿；
你们分解了太阳的颜色，
染缀了你们身上的光艳的服饰；
你们指挥着疾行的电波，
划破长空，传送着彼此的声息；
你们缩短了空间的距离，
金属制成的飞机轻如禽鸟，
在大气里无拘无束地驰驱；
你们以灵智的头脑，
创造了江河般的音乐和歌曲；
你们探索着大自然的秘密，
那神奇而富丽的宇宙，
在你们的桌子上凝成了诗。
呵，作为一个公平的见证者，
我忘不了你们的丰功伟绩，
我经历过太久的忧伤而寂寞的时光，
对于你们这伟大的创造者，
怎能不怀着深厚的感激！……
但是，正在这可感激的时代，
我曾暗暗地呕血，低低地哭泣，
我所指望、所爱、所尊敬的人类啊，

埋伏着巨大的危机。
整个人间好似一座冰原，
分裂为一块一块的，有如龟背，
彼此之间隔着万丈深的沟渠。
仇恨、屠杀、战争……
变为遮天蔽日的毒雾，
要使你们前进的道路迷失。
君王、将相、领主和官僚们，
为着满足兽性的野心与私欲，
沉溺于掠夺疆土、榨取财富，
修筑纵酒作乐的宫殿……
在嫔妃娼妓的挑逗中走向自己的末日；
亨商大贾、资本家和绅士们，
把金钱当作生命和灵魂，
以杀人不见血的交易，
骗取人们身上的油脂，
养肥自己的三寸厚的肚皮；
强盗、小偷、拆白党徒们，
从偷窃、打劫、砸明火的实践中，
锻炼出一种"高超"的才智，
依靠那变态的自我欣赏的心理，
支持他们的空虚和残破的日子；
而那居住在这大地上的、
绝大多数的居民们，
则在文明世界里降为牛马，

在烈日和寒风中耕耘着土地,
在皮鞭下开动着吃人的机器,
在来世的引诱下面向死亡,
在欲倒的茅屋里忍受着噩梦的侵袭……
他们或者由于过分的善良,
仗着几杯苦酒的威严,
残忍地打杀自己的爱妻和幼子;
或者由于难以遏止的愤怒,
啸聚山林,举起义旗,
然后在英勇的、无望的反抗中,
扮演一幕令人感叹的悲剧。
呵,一面是前所未有的文明,
一面是前所未有的野蛮,
一面是勤劳和悲苦,
一面是荒淫与无耻;
在这纷乱而离奇的景象中,
我没有一天不感到战栗,
我想:也许我的人类的子孙们,
又会用自己的学会劳动的手,
把自己的珍贵的生命扼死,
世界还要恢复到我幼年时代那样,
以至重新沉沦于海底……
而在那淫乐的鼓瑟声、
疯狂的杀声和痛苦的呻吟声里,
我有什么心思去说、

又有谁来安静地听
我的愤世嫉俗的只言片语！……

呵，我又置身于清新的世界中了，
这大地该有多么好！

现在可不同了，一切都不同了，
大地上的生活的激流，
时时都在我的脚下咆哮；
我也好像成了最勤奋的诗人，
灵感的不枯竭的泉水，
时时都在我的胸中鼓噪。
每当我从平安而舒适的睡眠中醒来，
晨风就从工厂的烟囱上，
吹来一股带香味的烟气，
刺醒了我的睡意朦胧的头脑；
勘探队催动着长长的探管，
如同针灸大夫行针那样，
扎在我的敏感的神经交叉点上，
使我的心燃起奋发而快乐的火苗；
那远处城市的未熄的灯光，
仿佛是无数只羞涩的眼睛，
闪烁着绵绵的情意
热烈地向我招摇；
打着红旗的少男少女们，

那雄壮而铿锵的歌声，
冲破我身旁的风雪，
在我的耳边缭绕。
呵，我置身于清新的世界中了，
这大地该有多么好！
在阳光满地的早晨，
我总是通过由露珠织成的帘幕，
朝着那辉煌的处所远眺。
那三月的黄河岸上，
有多少精壮精壮的人们，
背向着未完成的长堤，赤着双脚，
扛着挑筐，一个跟着一个
向蒙着薄冰的浅水滩上跳；
那织锦似的开阔的田野上，
成群的合作社社员们，
摇动着发出脆响的鞭梢，
催赶着拉犁的并排的牛，
翻开新土，香气在风中飘。
那纱厂的大门口外，
上工的穿红戴绿的姑娘们，
昂着头，挺着身腰，
像勇士在战场上进军，
向自己的车间奔跑。
那宽宽窄窄的大街小巷里，
戴着红领巾的学生们，

肩上背着装满书册的书包，
喉中含着银铃的歌，
迈着轻捷的步子走向学校。
呵，在大地上跃动着的
跟我离得最近的子孙们啊，
你们为什么这样精神开朗、
这样气宇轩昂、这样自豪？
我知道，并不是你们心中
没有一点忧愁和烦恼，
那病态的过去，
所遗留给你们的毒菌，
还不能不在你们的生活中骚扰，
懒惰、自私、贪婪
和一切兽性的本能，
还像又脏又臭的蛆虫似的
把你们的躯体和血肉啃嚼，
愚昧、无知和漫不经心的恶习
还常使你们举步不前，
甚至在过于迅速的行进中跌倒……
但是，这一切很快就要过去了，
你们既以英雄的气概，
打开人类的罪恶的囚牢，
航进自由的海洋，
就不会再畏惧
那埋伏在你们身下的暗礁，

坚强如金刚石的意志
将使你们一往直前,
永远地位列在历史的前茅。
呵,我又知道,并不是整个地球
都染上这鲜花般的鲜丽的色调,
那烟尘弥漫的太平洋彼岸,
以及其他许多遥远的地方,
还依然保持着衰败而颓朽的容貌,
那些大腹便便
而又心地窄狭的叛逆们,
还依然居住在那充满了
香水和火药的混合气味的老巢,
他们一手拿着人骨头,
一手持着鸡蛋大的原子弹,
喷着血腥的唾沫在那里狞笑;
但是,他们已面临垂暮之年,
他们自掘的坟墓
张着鲨鱼般的大嘴,
要一口把他们自己的尸骨吞掉。
在我的脚下、我的国度里,
在我的北方和东方,
却为另一种不同的气氛所笼罩,
跟我最亲近的子孙们,
以倔强而自信的动作
鸣放了新世纪的第一声礼炮,

愈来愈多的群众,
就像你们在天安门广场上
庆祝国庆节那样,
踏着《义勇军进行曲》的节拍
一队队走上坦荡的大道。
而我呵,也由于你们的
前进的足音所感召,
我好像又年青了几百万岁,
我的每一根毛孔里
都填满了你们人类的尊严和骄傲。
对于未来的信念
又坚实地生根于我的心上,
无边的希望之火
又如火山爆发似的在我胸中燃烧,
此刻,我甚至确信,
即使有一天人类毁灭了,
还会有更聪慧的生物
来担当世界的向导;
即使地球腐烂了,
我们的无限的宇宙
还会把另一个美好的世界创造。

尾　声

生活在这大地上的

白发苍苍的孩子们，
身高五尺的婴儿们，
——我的人类的子孙啊，
不要害怕，不要退缩，
哪怕在你们前进的路上，
遇到惊心动魄的雷雨
和不测的风波！
不要摇摆，不要犹疑，
你们选定的方向
一丝也没有错！
甩开你们的大刀阔斧吧，
砍断那生长在大地上的
野草般的罪恶；
让这世界上的每一个植物
都开出鲜美的花，
结出香甜的果。
更有力地亮开你们的双手吧，
推倒那破旧的
使人窒息的房舍，
让每一片青枝绿叶的树丛中，
都修筑起画栋雕梁的
最幽美的楼台殿阁。
揭开世界的秘密吧，
钻进海洋的底层，
驾驭住不驯的沙漠，

让大地上的每块石头、每滴水，
都发挥出它们的潜力，
参加我们的神圣的建设。
放开你们的心胸吧，
治好身上的创伤，
忘掉一切哀愁和烦琐，
让你们的每一个思想，
都像秋天的天空那样明澈。
呵，在你们的浩浩荡荡的
神圣的进军中，
请不要丢掉了我！
在这未来的悠长的岁月里，
我再也不能做个旁观者。
我身上所有的一切，
都归属于你们，
归属于我的世界，
归属于大地上的灿烂的生活。
我甚至甘心情愿，
遵照你们的伟大的毛泽东的指示
把我裁为三截，
"一截遗欧，
一截赠美，
一截还东国。
太平世界，
环球同此凉热。"

1956(7?)年5月1日—5日

雪兆丰年

一

北风吹,
树枝儿摇,
声声把那窗户敲。
窗棂动,
窗纸儿叫,
叫得晨光忙来到。
晨光白,
好似银纱,
将床头轻罩。

睁开眼,
憋不住笑。
看天色,

惊人一跳。
梦中滋味,
莫再把人撩!
今年第一个工作日
开始了!
披上大衣,
戴上鸭舌帽。
拉开门,
探出身腰。
闪闪羽箭,
千千万万条。
片片冰花,
扑打睫毛,
银色世界,
占据了今朝。

遐想悠思,
在胸中闹。
诗情画意,
难绘描。
战士心肠,
为何这般娇?
唱支歌吧,
得先看看表。
时间才五点,

怎能把人家打扰!

回去睡会吧,
风光太好。
上班吧,
天还早。
仿佛万千只手,
把人招。
心儿振奋,
来不及思考。
甩开大步,
走上宽宽街道。

二

呀,天多冷,
风多寒!
呀,地多滑,
行路多难!
今儿早上,
我起得并不晚;
好朋友,
为啥这样抢先?
难道跟我一样——
到大风雪里,

尝新鲜!

老头子,
啥事让你这样喜欢?
看你胡子在抖,
腿在发颤。
可你劲在手上,
乐在心间。
一生辛苦,
一生穷,
落个老来甜;
秋天过去,
冬天来,
你好像只有春天。

大姑娘,
旧人儿准要说你疯癫。
生活开始惊动你,
爱情开始把你纠缠。
可你那样洒脱,
那样勇敢。
嘴也噘,
泪也流,
心却万里宽。
身子细,

劲头小,
却从来不知疲倦。

小伙子,
干吗那么盛气冲天!
雪已深,
衣裳单。
可你总是威风凛凛,
神态昂然。
胳膊粗,
肩膀圆,
永远不会休闲。
风里来,
雨里去,
好像战士上前线。

小朋友,
不要起早贪黑把事揽。
千斤担子,
担在父兄肩。
可你肥地的苗儿,
叶大梗憨。
红领巾,
迎风展,
如同鸟儿飞天边。

帽耳朵,
往上翻,
好似兔儿游草原。

南来的,
北往的,
听我一言:
景致虽美,
不可过分贪恋!
祖国风光,
什么时候都好看。
冰天雪地,
前程路上不稀罕。
钢筋铁骨,
也得小心受风寒!
谁也知道:
你们不会偷懒,
别忘记,
今天还是新年。
踏雪而来,
且踏雪还。

三

天更冷,

风更寒,
我的话儿
谁都不记在心间。
地更滑,
行路更难,
街上的人儿,
谁也不回还。
好兴致,
让我惊羡!
大风雪,
也不是与我无缘。
你们如此豪情,
我岂能落个孤单!
整好衣襟,
且直直地立在风前。
好朋友,
与你们一同收览。

一切。
一切!
果然。
果然!
真是。
真是!
这般。

这般!

千里平地,
万里江山,
在风雪中,
显得如此庄严!
近处房屋,
远处田园,
远远近近,
罩上白净衣衫。

地是宝地
山是银山,
银山宝地,
哪有这般灿烂,
地上天堂,
人间乐园,
乐园天堂,
咱们也不肯调换。

大雪呀,
给高楼镶上银边。
高楼高,
与天云紧相连。
银边亮,

如同国庆之夜灯万盏。
大雪呀,
使万树摇钱。
树林密,
果实累累挂枝间。
树临风,
锣鼓喧天凯歌旋。

大雪呀,
把街道铺上瓷砖。
街道平,
汽车疾驰如闪电。
瓷砖美,
双足落地舞翩翩。
大雪呀,
把肥水灌满稻田。
水闪光,
如同大珠小珠落玉盘。
风卷雪,
好似大洋大海起波澜。

大雪呀,
把建筑架垫上厚棉,
架儿软,
踩在脚下好舒坦!

棉絮松,
工人操作无危险。
大雪呀,
给大地铺上毛毯。
毛毯厚,
初生的苗儿得保暖。
土地润,
万物滋生笑开颜。

大雪呀,
把珍珠儿往红旗上嵌。
红旗飘,
红旗展,
红旗之上星万点。
红旗高,
红旗卷,
好似霞光闪闪。

大雪呀,
使世界热闹非凡。
银花舞,
银河翻,
妙手把大地巧打扮。
风光好,
空气鲜,

人人变作地上仙。

大雪呀，
将天地混成一团。
天无尽头，
地无沿，
顶天立地是人寰。
天无玉皇，
地无王，
天地全归咱们管。

四

望美景，
乐陶陶。
雪地里，
开了心窍。
风扑面，
好似暖火烤，
寒气透骨，
疑是阳光照。
行路不难，
如同驾神鸟，
云里飞，
天上跃。

这生活,
这世界,
实在好。
什么烦忧,
什么病痛,
全忘掉。
一腔热血,
一身汗,
愿齐抛。
活一辈子,
干一辈子,
永为人间报效。

好朋友,
你们那心气儿
跟我一样高。
好兄弟,
你们那英姿,
连我都骄傲。
你们那秘密
能不能叫我知道?
知心话儿
可否见告?

我知道了,
我知道了。
你们和我一样,
睡了个好觉,
拂去满肩酸痛,
满身疲劳。
也和我一样,
赶个新年大清早,
带着满心欢喜,
满腔自豪。

你们和我一样,
走上街道,
袖里春风,
脸上红潮。
也和我一样,
望风吹雪飘,
心儿激荡,
笑上眉梢。

我知道了,
我知道了。
你们那劲头儿
赛过风暴。
扑剌剌,

把困难横扫,
仓啷啷,
叫高山躲道。
在一九五九年的第一天,
就走在最前哨。

你们那热情,
好似大火烧。
烟茫茫,
万吨煤炭炼成焦,
红堂堂,
高炉口上铁水冒。
在一九五九年的第一天,
胸中就蹦火苗。

我知道了,
我知道了。
你们那本事,
比上天还高超。
大江之上,
架飞桥,
万山丛中
盘铁道。
在一九五九年,
会把无数奇迹创造。

你们那技艺，
真是无穷奥妙。
图表上，
红箭破指标；
沙地里，
亩产万斤稻。
在一九五九年，
留下的功绩知多少！

有了这体魄，
还怕什么风狂雪暴！
有了这精神，
还不把风光看看饱！
万里前程，
就从此上道；
一年之计，
在于这个大清早。
看，
风在把我们招摇；
听，
雪在迎着我们笑。

有了你们，
风光更好。

有了你们,
江山才如此多娇。
你们那神采,
是祥瑞的征兆;
你们那容颜,
是丰收的预报。
看,
大雪正把这蓝图描;
听,
风儿正为我们吹号角。

好日子,
千年难找。
好时光,
万手难挑。
我甚至忘了:
杯中美酒,
盘中水饺;
而甘心情愿:
在战斗里锻炼,
在风雪中逍遥。

1959年1月4日夜

望 星 空

一

今夜呀,
我站在北京的街头上,
向星空瞭望。
明天哟,
一个紧要任务,
又要放在我的双肩上。
我能退缩吗?
只有迈开阔步,
踏万里重洋;
我能叫嚷困难吗?
只有挺直腰身,
承担千斤重量。
心房呵,

不许你这般激荡!……
此刻呵,
最该是我沉着镇定的时光。

而星空,
却是异样地安详。
夜深了,
风息了,
雷雨逃往他乡。
云飞了,
雾散了,
月亮躲在远方。
天海平平,
不起浪,
四围静静,
无声响。

但星空是壮丽的,
雄厚而明朗。
穹隆呵,
深又广。
在那神秘的世界里,
好像竖立着层层神秘的殿堂。
大气呵,
浓又香。

在那奇妙的海洋中，
仿佛流荡着奇妙的酒浆。
星星呀，
亮又亮。
在浩大无比的太空里，
点起万古不灭的盏盏灯光。
银河呀，
长又长，
在没有涯际的宇宙中，
架起没有尽头的桥梁。

呵，星空，
只有你，
称得起万寿无疆！
你看过多少次：
冰河解冻，
火山喷浆！
你赏过多少回：
白杨吐绿，
柳絮飞霜！
在那遥远的高处，
在那不可思议的地方，
你观尽人间美景，
饱看世界沧桑。
时间对于你，

跟空间一样——
无穷无尽,
浩浩荡荡。

二

呵,
望星空,
我不免感到惆怅。
说什么:
身宽气盛,
年富力强!
怎比得:
你那根深蒂固,
源远流长!
说什么:
情豪志大,
心高胆壮!
怎比得:
你那阔大胸襟,
无限容量!

我爱人间,
我在人间生长,
但比起你来,

人间还远不辉煌。

走千山，

涉万水，

登不上你的殿堂。

过大海，

越重洋，

饮不到你的酒浆。

千堆火，

万盏灯，

不如一颗小小星光亮。

千条路，

万座桥，

不如银河一节长。

我游历过半个地球，

从东方到西方。

地球的阔大幅员，

引起我的惊奇和赞赏。

可谁能知道：

宇宙里有多少星星，

是地球的姊妹行！

谁曾晓得：

天空中有多少陆地，

能够充作人类的家乡！

远方的星星呵，

你看得见地球吗？
——一片迷茫！
远方的陆地呵，
你感觉到我们的存在吗？
——怎能想象！

生命是珍贵的，
为了赞颂战斗的人生，
我写下成册的诗章；
可是在人生的路途上，
又有多少机缘，
向星空瞭望！
在人生的行程中，
又有多少个夜晚，
见星空如此安详！
在伟大的宇宙的空间，
人生不过是流星般的闪光。
在无限的时间的河流里，
人生仅仅是微小又微小的波浪。
呵，星空，
我不免感到惆怅！
于是我带着惆怅的心情，
走向北京的心脏……

三

忽然之间，
壮丽的星空，
一下子变了模样。
天黑了，
星小了，
高空显得暗淡无光；
云没有来，
风没有刮，
却像有一股阴霾罩天上。
天窄了，
星低了，
星空不再辉煌。
夜没有尽，
月没有升，
太阳也不曾起床。

呵，这突然的变化，
使我感到迷惘，
我不能不带着格外的惊奇，
向四围寻望：
就在我的近边，
在天安门广场，

升起了一座美妙的人民会堂；
就在那会堂的里面，
在宴会厅的杯盏中，
斟满了芬芳的友谊的酒浆；
就在我的两侧，
在长安街上，
挂出了长串的星光；
就在那灯光之下，
在北京的中心，
架起了一座银河般的桥梁。

这是天上人间吗？
不，人间天上！
这是天堂中的大地吗？
不，大地上的天堂。
真实的世界呵，
一点也不虚妄；
你朴质地描述吧，
不需要作半点夸张！
是谁说的呀——
星空比人间还要辉煌？
是什么人呀——
在星空下感到忧伤？
今夜哟，
最该是我沉着镇定的时光！

是的,
我错了,
我曾是如此地神情激荡!
此刻我才明白:
刚才是我望星空,
而不是星空向我瞭望。
我们生活着,
而没有生命的宇宙,
既不生活也不死亡。
我们思索着,
而不会思索的穹隆,
总是露出呆相。
星空哟,
面对着你,
我有资格挺起胸膛。

四

当我怀着自豪的感情,
再向星空瞭望,
我的身子,
充溢着非凡的力量。
因为我知道:
在一切最好的传统之上,

我们的队伍已经组成，
犹如浩荡的万里长江。
而我自己呢，
早就全副武装，
在我们的行列里，
充当了一名小小的兵将。

可是呵，
我和我的同志一样，
决不会在红灯绿酒之前，
神魂飘荡。
我们要在地球与星空之间，
修建一条走廊，
把大地上的楼台殿阁，
移往辽阔的天堂。
我们要在无限的高空，
架起一座桥梁，
把人间的山珍海味，
送往迢遥的上苍。

真的，
我和我的同志一样，
决不只是"自扫门前雪"，
而是定管"他人瓦上霜"。
我们要把长安街上的灯火，
延伸到远方；

让万里无云的夜空，
出现千千万万个太阳。
我们要把广漠的穹隆，
变成繁华的天安门广场；
让满天星斗，
全成为人类的家乡。

而星空呵，
不要笑我荒唐！
我是诚实的，
从不痴心妄想。
人生虽是暂短的，
但只有人类的双手，
能够为宇宙穿上盛装；
世界呀，
由于人的生存
而有了无穷的希望。
你呵，
还有什么艰难，
使你力不可当？
请再仔细抬头瞭望吧！
出发于盟邦的新的火箭，
正遨游于辽远的星空之上。

1959年4月初稿
1959年8月二次修改
1959年10月改成

乡村大道

一

乡村大道呵,好像一座座无始无终的长桥!
从我们的脚下,通向遥远又遥远的天地之交;
那两道长城般的高树呀,排开了绿野上的万顷波涛。

哦,乡村大道,又好像一根根金光四射的丝绦!
所有的城市、乡村、山地、平原,都叫它串成珠宝;
这一串串珠宝交错相连,便把我们的锦绣江山缔造!

二

乡村大道呵,也好像一条条险峻的黄河!
每一条的河身,至少有九曲十八折;
而每一曲、每一折呀,都常常遇到突起的风波。

哦,乡村大道,又好像一道道干涸的沟壑!
那上面的石头和乱草呵,比黄河的浪涛还要多;
古往今来的旅人哟,谁不受够了它们的颠簸!

三

乡村大道呵,我生之初便在它上面匍匐;
当我脱离了娘怀,也还不得不在上面学步;
假如我不曾在上面匍匐学步,也许至今还是个侏儒。

哦,乡村大道,所有的山珍土产都得从此上路,
所有的英雄儿女,都得在这上面出出入入;
凡是前来的都有远大的前程,不来的只得老死狭谷。

四

乡村大道呵,我爱你的长远和宽阔,
也不能不爱你的险峻和你那突起的风波;
如果只会在花砖地上旋舞,那还算什么伟大的生活!

哦,乡村大道,我爱你的明亮和丰沃,
也不能不爱你的坎坎坷坷、曲曲折折;
不经过这样的山山水水,黄金的世界怎会开拓!

1961年11月初稿于昆明

1962年6月改于北京

甘蔗林——青纱帐

南方的甘蔗林哪,南方的甘蔗林!
你为什么这样香甜,又为什么那样严峻?
北方的青纱帐啊,北方的青纱帐!
你为什么那样遥远,又为什么这样亲近?

我们的青纱帐哟,跟甘蔗林一样地布满浓荫,
那随风摆动的长叶啊,也一样地鸣奏嘹亮的琴音;
我们的青纱帐哟,跟甘蔗林一样地脉脉情深,
那载着阳光的露珠啊,也一样地照亮大地的清晨。

肃杀的秋天毕竟过去了,繁华的夏日已经来临,
这香甜的甘蔗林哟,哪还有青纱帐里的艰辛!
时光像泉水一般涌啊,生活像海浪一般推进,
那遥远的青纱帐哟,哪曾有甘蔗林里的芳芬!

我年青时代的战友啊,青纱帐里的亲人!

让我们到甘蔗林集合吧,重新会会昔日的风云;
我战争中的伙伴啊,一起在北方长大的弟兄们!
让我们到青纱帐去吧,喝令时间退回我们的青春。

可记得?我们曾经有过一个伟大的发现:
住在青纱帐里,高粱秸比甘蔗还要香甜;
可记得?我们曾经有过一个大胆的判断:
无论上海或北京,都不如这高粱地更叫人留恋。

可记得?我们曾经有过一种有趣的梦幻:
革命胜利以后,我们一道捋着白须、游遍江南;
可记得?我们曾经有过一点渺小的心愿:
到了社会主义时代,狠狠心每天抽它三支香烟。

可记得?我们曾经有过一个坚定的信念:
即使死了化为粪土,也能叫高粱长得秆粗粒圆;
可记得?我们曾经有过一次细致的计算:
只要青纱帐不倒,共产主义肯定要在下一代实现。

可记得?在分别时,我们定过这样的方案:
将来,哪里有严重的困难,我们就在哪里见面;
可记得?在胜利时,我们发过这样的誓言:
往后,生活不管甜苦,永远也不忘记昨天和明天。

我年青时代的战友啊,青纱帐里的亲人!

你们有的当了厂长、学者,有的做了编辑、将军,
能来甘蔗林里聚会吗?——不能又有什么要紧!
我知道,你们有能力驾驭任何险恶的风云。

我战争中的伙伴啊,一起在北方长大的弟兄们!
你们有的当了工人、教授,有的做了书记、农民,
能再回到青纱帐去吗?——生活已经全新,
我知道,你们有勇气唤回自己的战斗的青春。

南方的甘蔗林哪,南方的甘蔗林!
你为什么这样香甜,又为什么那样严峻?
北方的青纱帐啊,北方的青纱帐!
你为什么那样遥远,又为什么这样亲近?

      1962年3月—6月,厦门—北京

青纱帐——甘蔗林

看见了甘蔗林,我怎能不想起了青纱帐!
往日的青纱帐啊,跟甘蔗林一样布满生命的芳香;
想起了青纱帐,我怎能不迷恋甘蔗林的风光!
如今的甘蔗林哪,跟青纱帐一样感动战士的心肠。

太阳也一样地和暖呀,月亮也一样地美好!
无论哪里的光线,都一样是我们跨江过海的长桥;
雷声也一样地雄浑呀,夜风也一样地料峭!
无论哪里的风雷,都一样是我们冲锋陷阵的号角。

天空也一样地深沉呀,大地也一样地明媚!
无论哪里的天地,都一样给我们以勇敢和智慧;
露珠也一样地明澈呀,雨水也一样的充沛!
无论哪里的雨露,都一样地滋润着我们的骨髓。

哦,北方的青纱帐——我们的别致的兵营!

你到底有什么样的奥妙,使我这般思如潮涌?
哦,南方的甘蔗林——我们的甜蜜的梦境!
你到底有什么样的魅力,叫我如此见景生情?

我记得,在平静的时刻,青纱帐里竟那么反常!
连自己的心跳呀,都仿佛是惊天动地的鼓响;
我记得,在沉寂的时刻,青纱帐里竟那么荒凉!
连自己的胡须呀,都好像乱草般地四下张扬。

在那样的时刻哟,我们往往有几分散漫:
为细事争吵不休、逗小鬼啼哭、跟司务长捣蛋;
在那样的时刻哟,我们常常用特别的方式消遣:
用竹梗刮人脚心、相互起外号、精神上会餐。

我记得,在情况紧急时,青纱帐里不见半个人影,
连惯于游荡的野兽呀,都逃往深山去隐迹埋踪;
我记得,在情况紧急时,青纱帐里没有一点喧声,
连喜欢聒噪的鸟雀呀,都栖息草丛中低语颤鸣。

在那样的时刻哟,我们却往往焦灼又烦躁:
恨敌人怕死、怪枪弹太少、埋怨指挥员胆小;
在那样的时刻哟,我们却常常不出声地戏闹:
建立虱子公墓、用石子下棋、揪着头发摔跤。①

---

① "虱子公墓",也是战争时期的戏语,把大家身上的虱子,集中埋起来。——作者注

可你听吧,只要上级说出一声"准备战斗",
我们身上的每根汗毛哟,都挺直腰杆发出怒吼;
可你看吧,只要指挥员举步向前飞走,
我们滴落的每粒汗珠哟,都紧紧跟随一丝不扣。

在那样的时刻哟,一个队伍就是一副骨肉,
所有小小的私怨啊,一律化为大大的公仇;
在那样的时刻哟,一列士兵就是一支铁流,
一切难耐的艰辛哪,一律变成真正的享受。

你再听吧,只要空中响起了第三颗信号弹,
我们的青纱帐里,就像大海一般巨浪喧天;
你再看吧,只要冲锋号的声浪四处飞旋,
我们的青纱帐里,就立刻跳出无数将士兵员。

在那样的时刻哟,全体化为一人,
所有暗淡的灰土啊,立刻炼成明亮的纯金;
在那样的时刻哟,万众只有一心,
一切无用的叹息啊,立刻凝成壮美的歌音。

呵,我们的青纱帐,多么引人遐想!
而你——甘蔗林呢,难道只有生命的芳香?
呵,我们的青纱帐,多么令人难忘!
而你——甘蔗林呢,难道只能感动战士的心肠?

不,南方的甘蔗林啊,不亚于北方的高粱;
谁敢说:这香甜的秸秆不会变为锐利的刀枪?
不,南方的甘蔗林啊,不亚于北方的青纱帐;
谁敢说:这错综的长叶不会变为坚实的罗网?

咦,告诉你吧:可耻的灾荒,不要横行!
那密密的甘蔗林里,正潜藏着抗旱治水的现代真龙;
咦,告诉你吧:可笑的仇敌,不要行凶!
那甜甜的甘蔗林里,正埋伏着我们的百万雄兵。

1962 年 6 月—7 月,北京

答 问

(残 篇)

咦,您这是什么?也算作诗?
既没有格律,也不讲究遣词造句!
(您知道贾岛推敲的故事吗,
还有"春风又绿江南岸"的"绿"字?)
既不写景,也不创造形象,
最糟糕的是,
又在我呀我呀地写你自己……

呵,谢谢您的好意,
请原谅我这最后一次。
明天早上,我一定遵从你的劝告,
认真地写一点好诗:
既有格律,又有词句
只是没有"我"和"我自己"……

刻在北大荒的土地上

继承下去吧,我们后代的子孙!
这是一笔永恒的财产——千秋万古长新;
耕耘下去吧,未来世界的主人!
这是一片神奇的土地——人间天上难寻。

这片土地哟,头枕边山、面向国门,
风急路又远啊,连古代的旅行家都难以问津;
这片土地哟,背靠林海、脚踏湖心,
水深雪又厚啊,连驿站的千里马都不便扬尘。

这片土地哟,一直如大梦沉沉!
几百里没有人声,但听狼嚎、熊吼、猛虎长吟;
这片土地哟,一直是荒草森森!
几十天没有人影,但见蓝天、绿水、红日如轮。

这片土地哟,过去好似被遗忘的母亲!

那清澈的湖水啊,像她的眼睛一样望尽黄昏;
这片土地哟,过去犹如被放逐的黎民!
那空静的山谷啊,像他的耳朵一样听候足音。

永远记住这个时间吧:一九五四年隆冬时分,
北风早已吹裂大地,冰雪正封闭着古老的柴门;
永远记住这些战士吧:一批转业的革命军人,
他们刚刚告别前线,心头还回荡着战斗的烟云。

野火却烧起来了!它用红色的光焰昭告世人:
从现在起,北大荒开始了第一次伟大的进军!
松明却点起来了!它向狼熊虎豹发出檄文:
从现在起,北大荒不再容忍你们这些暴君!

谁去疗治脚底的血泡呀,谁去抚摸身上的伤痕!
马上出发吧,到草原的深处去勘察土质水文;
谁去清理腮边的胡须呀,谁去涤荡眼中的红云!
继续前进吧,用满身的热气冲开弥天的雪阵。

还是吹起军号呵!横扫自然界的各色"敌人",
放一把大火烧开通路,用雪亮的刺刀斩草除根!
还是唱起战歌呵!以注满心血的声音呼唤阳春,
节省些口粮作种籽,用扛惯枪的肩头把犁耙牵引。

哦,没有拖拉机、没有车队、没有马群……

却有几万亩土地——在温暖的春风里翻了个身！
哦，没有住宅区，没有野店、没有烟村……
却有几个国营农场——在如林的帐篷里站定了脚跟！

怎样估价这笔财产呢？我感到困难万分，
当我写这诗篇的时候，机车和建筑物已经结队成群；
怎样测量这片土地呢？我实在力不从心，
当我写这诗篇的时候，绿色的麦垄还在向天边延伸。

这笔永恒的财产啊，而且是生活的指针！
它那每条开阔的道路呀，都像是一个清醒的引路人；
这片神奇的土地啊，而且是真理的园林！
它那每只金黄的果实呀，都像是一颗明亮的心。

请听：战斗和幸福、革命和青春——
在这里的生活乐谱中，永远是一样美妙的强音！
请看：欢乐和劳动、收获和耕耘——
在这里的历史图案中，永远是一样富丽的花纹！

请听：燕语和风声、松涛和雷阵——
在这里的生活歌曲中，永远是一样地悦耳感人！
请看：寒流和春雨、雪地和花荫——
在这里的历史画卷中，永远是一样地醒目动心！

我们后代的子孙啊，共产主义时代的新人！

埋在这片土地里的祖先,怀着对你们最深的信任;
你们的道路,纵然每分钟都是那么一帆风顺,
也不会有一秒钟——遗失了革命的灵魂……

未来世界的主人啊,社会主义祖国的公民!
埋在这片土地里的祖先,对你们抱有无穷的信心;
你们的生活,纵然千百倍地胜过当今,
也不会有一个早上——忘记了这一代人的困苦艰辛。

是的,一切有出息的后代,历来珍视革命先辈的遗训,
而不是虚设他们的灵牌——用三炷高香侍奉晨昏;
是的,一切有出息的后代,历来尊重开拓者的苦心,
而不是只从他们的身上——挑剔微不足道的灰尘。

……继承下去吧,我们后代的子孙!
这是一笔永恒的财产——千秋万古长新;
……耕耘下去吧,未来世界的主人!
这是一片神奇的土地——人间天上难寻。

1962 年 12 月—1963 年 1 月 24 日,虎林—北京

祝 酒 歌

——林区三唱之一

三伏天下雨哟，
雷对雷；
朱仙镇交战哟，
锤对锤；
今儿晚上哟，
咱们杯对杯！

舒心的酒，
千杯不醉；
知心的话，
万言不赘；
今儿晚上啊，
咱这是瑞雪丰年祝捷的会！

酗酒作乐的

是浪荡鬼；
醉酒哭天的
是窝囊废；
饮酒赞前程的
是咱们社会主义新人这一辈！

财主醉了，
因为心黑；
衙役醉了，
因为受贿；
咱们就是醉了，
也只因为生活的酒太浓太美！

山中的老虎呀，
美在背；
树上的百灵呀，
美在嘴；
咱们林区的工人啊，
美在内。

斟满酒，
高举杯！
一杯酒，
开心扉；
豪情,美酒,

自古长相随。

祖国是一座花园,
北方就是园中的腊梅;
小兴安岭是一朵花,
森林就是花中的蕊。
花香呀,
沁满咱们的肺。

祖国情呀,
春风一般往这儿吹;
同志爱呀,
河流一般往这儿汇。
党是太阳,
咱是向日葵。

广厦亿万间,
等这儿的木材做门楣;
铁路千百条,
等这儿的枕木铺钢轨。
国家的任务是大旗,
咱是旗下的突击队。

骏马哟,
不用鞭催;

好鼓哟，
不用重锤；
咱们林区工人哟，
知道怎样答对！

且饮酒，
莫停杯！
三杯酒，
三杯欢喜泪；
五杯酒，
豪情胜似长江水。

雪片呀，
恰似群群仙鹤天外归；
松树林呀，
犹如寿星老儿来赴会。
老寿星啊，
白须、白发、白眼眉。

雪花呀，
恰似繁星从天坠；
桦树林呀，
犹如古代兵将守边陲。
好兵将啊，
白旗、白甲、白头盔。

草原上的骏马哟,
最快的是乌骓;
深山里的好汉哟,
最勇的是李逵;
天上地下的英雄啊,
最风流的是咱们这一辈!

目标远,
大步追。
雪上走,
就像云里飞;
人在山,
就像鱼在水。

重活儿,
甜滋味。
锯大树,
就像割麦穗;
扛木头,
就像举酒杯。

一声呼,
千声回;
林荫道上,

机器如乐队；
森林铁路上，
火车似滚雷。

一声令下，
万树来归：
冰雪滑道上，
木材如流水；
贮木场上，
枕木似山堆。

且饮酒，
莫停杯！
七杯酒，
豪情与大雪齐飞；
十杯酒，
红心和朝日同辉！

小兴安岭的山哟，
雷打不碎；
汤旺河的水哟，
百折不回。
林区的工人啊，
专爱在这儿跟困难作对！

一天歇工，
三天累；
三天歇工，
十天不能安生睡；
十天歇工，
简直觉得犯了罪。

要出山，
茶饭没有了味；
快出山，
一时三刻拉不动腿；
出了山，
夜夜梦中回。

旧话说：
当一天的乌龟，
驮一天的石碑；
咱们说：
占三尺地位，
放万丈光辉！

旧话说：
跑一天的腿，
张一天的嘴；
咱们说：

喝三瓢雪水,
放万朵花蕾!

人在山里,
木材走遍东西南北;
身在林中,
志在千山万水。
祖国叫咱怎样答对,
咱就怎样答对!

想昨天:
百炼千锤;
看明朝:
千娇百媚;
谁不想干它百岁!
活它百岁!

舒心的酒,
千杯不醉;
知心的话,
万言不赘;
今儿晚上啊,
咱这是瑞雪丰年宣誓的会……

1962年12月,记于伊春
1963年2月1日—28日,写于北京

大风雪歌

——林区三唱之二

老北风
——风中的霸；
腊月雪
——雪中的沙；
整整一夜哟，
前呼后拥闹天下！

寒流呀，
像冲破了闸；
冰川呀，
像炸开了花；
空气哟，
冷得发辣。

灭了，

风中的蜡;
僵了,
井底的蛙;
倒了,
泥塑的菩萨。

老天哟,
仿佛要塌;
大地哟,
仿佛要垮。
大风雪呀,
谁不受你惊吓!

而今,
咱却要你回答:
是你大,
还是咱们大?
是你怕,
还是咱们怕?

一串钟声,
把黑夜敲垮;
一阵欢笑,
把阴云气煞。
天亮了,

咱们出发!

热气呀,
把雪片烧成火花;
鲜血呀,
把白雾染成红霞。
转眼间,
无穷变化!

山风呀,
成了进军的喇叭;
松涛呀,
成了庆功的唢呐。
漫山遍野哟,
都为咱吹吹打打。

白雪呀,
献出一簇簇鲜花;
森林呀,
举起一排排火把。
林区山场哟,
谁不把咱迎迓!

春麦呀,
雪下发芽;

冬梅呀,
腊月开花;
林业工人哟,
在风雪里长大!

南征,
北伐;
东挡,
西杀。
哪儿有任务,
就向哪儿进发!

风如马,
任我跨;
云如雪,
随我踏;
哪儿有艰难,
哪儿就是家!

钢锯呀,
亮开银牙;
铁斧呀,
迸出金花;
一声吆喝,
大树随风纷纷下!

冰雪滑道呀，
好似天河山前挂；
森林铁路呀，
好似长江过三峡；
咱们的木材哟，
追波逐浪走天涯。

小材呀，
造船桨车架；
大材呀，
建高楼大厦；
擎天托地哟，
也是咱家！

是你大，
还是咱们大？
是你怕，
还是咱们怕？
而今哟，
难道还用回答！

大风呀，
你刮！
大雪呀，

你洒!
请看今日的世界,
竟是谁家之天下!

1962 年 12 月,记于伊春
1963 年 3 月 1 日—13 日,写于北京

青 松 歌

——林区三唱之三

三个牧童，
必讲牛犊；
三个妇女，
必谈丈夫；
三个林业工人，
必夸长青的松树。

青松哟，
是小兴安岭的旺族；
小兴安岭哟，
是青松的故土。
咱们小兴安岭的人啊，
与青松亲如手足！

白日里，

操作在密林深处；
黑夜间，
酣睡在山场新屋。
松林啊，
为咱们做帐幕。

绿荫哟，
铺满山路；
香气哟，
飘满峡谷。
青松的心意啊，
装满咱们的肺腑！……

而青松啊，
决不与野草闲花为伍！
一派正气，
一副洁骨；
一片忠贞，
一身英武。

风来了，
杨花乱舞；
雨下了，
柳眉紧蹙。
只有青松啊，

根深叶固!

霜降了,
桦树叶儿黄枯;
雪落了,
榆树顶儿光秃。
只有青松啊,
春天永驻!

一切邪恶啊,
莫想把青松凌辱!
松涛哟,
似战鼓;
松针哟,
如铁杵。

一切仇敌啊,
休想使青松屈服!
每片松林哟,
都是武库;
每座山头哟,
都是碉堡。

而青松啊,
永为人间服务!

身在林区,
心在南疆北土;
长在高山,
志在千村万户。

海角天涯,
都是路!
移到西蜀,
就生根在西蜀;
运到两湖,
就落脚在两湖。

有用处,
就是福!
能做擎天的柱,
就做擎天的柱;
能做摇船的橹,
就做摇船的橹。

奔前途,
不回顾!
需要含辛茹苦,
就含辛茹苦;
需要粉身碎骨,
就粉身碎骨。

千秋万古,
给天下造福!
活着时,
为好日月欢呼;
倒下时,
把新世界建筑。

青松哟,
是小兴安岭的旺族;
小兴安岭哟,
是青松的故土。
咱们小兴安岭的人啊,
与青松亲如手足。

一样的志趣,
一样的风度,
一样的胸怀,
一样的抱负。
青松啊,
是咱们林业工人的形图!

1962 年 12 月,记于伊春
1963 年 3 月 16 日—26 日,写于上海

战 台 风

我曾策马巡逻大草原，
屡屡看见那
　　　飞沙走石打刀尖；
我曾端枪守卫黄河岸，
屡屡看见那
　　　狂飙野浪撞船舷；
如今我二次来海岛，
又看见这
　　　台风暴雨斗晴天。

晴天大海万里蓝，
一阵狂风
　　　忽然卷起百丈烟。
烟雾迷茫，
好像十万发炮弹
　　　同时炸林园；

黑云乱翻,
好像十万只乌鸦
　　　同时抢麦田。

风足雨脚如响箭,
只听见呜呜呼呼
　　　飞近海岛边。
风声凄厉,
仿佛一群群狂徒
　　　呼天抢地咒人间;
雷声呜咽,
仿佛一群群恶狼
　　　狂嚎猛吼闹青山。

刀风箭雨入海岛,
杀气重重
　　　直指红旗百丈杆。
大雨哗哗,
犹如千百个地主老爷
　　　一齐挥皮鞭;
雷电闪闪,
犹如千百个衙役腿子
　　　一齐抖锁链。

我生在世几十年,

如此风急雨骤

　　还不曾见。

人们都说黄河险，

这台风暴雨

　　可比那狂飙野浪更凶悍；

人们都说草原是荒原，

这暴雨台风

　　可比那飞沙走石更横蛮。

台风何时息？

黑云何时散？

海上的愤懑

　　已经堆成千重高山！

暴雨何时停？

闪电何时暗？

天下的怒火

　　已经冒出万丈光焰！

台风暴雨哟，

　　还我大海晴天！

战，战，战！

　　顷刻之间起烽烟！

海鸥般的白浪

　　高歌阔步冲向前，

白浪般的海鸥

　　　　振翅腾空上云端；
朝阳般的红旗
　　　　抖擞精神飘展在高山巅，
红旗般的朝阳
　　　　排云拨雾飞身大海间。

只见天上一片青，
又见海上一片蓝。
天原来不曾塌，
　　　岛也不曾陷，
而台风
　　　却霎时不见；
海原来不曾垮，
　　　　石也不曾烂，
而暴雨
　　　却忽然消逝在天那边。

我并不想唱这风云变幻，
却不能忘怀
　　　　台风暴雨来去这一天。
来时虽有千重雾，
去时竟无一缕烟；
来时虽有满身杀气满身勇，
去时竟无一寸骸骨一寸胆。
台风暴雨哟，

你耍的什么威风
　　撒的什么欢?

台风暴风哟,
你耍的什么威风
　　撒的什么欢?
你的生命只有一刹那,
只有红日红旗
　　长存晴天大海间;
你的面积不过一小片,
只有晴天大海
　　浩浩荡荡无际边。

　　　　　　　1963 年 7 月 19 日

西出阳关

一

声声咽哟,
声声紧,
风沙好像还在怨恨西行的人;
重重山哟,
重重云,
阳关好像有意不开门。

莫提起呀——
周穆王、汉使臣……
他们怎会是边风塞曲的真知音!
莫提起呀——
唐诗人、清配军……
他们岂肯与天涯地角共一心!

风沙呵风沙,

只望你不把今人当古人!

你看我们是哪个阶级、谁挂帅印?

阳关呵阳关,

只望你不要颠倒了古今!

你看此时是哪个朝代、谁掌乾坤?

肋生翅哟,

脚生云,

不出阳关不甘心!

血如沸哟,

心如焚,

誓到阳关以外献终身!

何必"劝君更进一杯酒"!

再会吧,乡亲!

哪里的好酒不芳芬?

什么"西出阳关无故人"!

再会吧,乡亲!

哪里不一样度过战斗的青春?

二

未出阳关,

以为阳关会把我们怨；
临近阳关，
以为阳关会把我们拦；
出了阳关，
才知阳关以外最把我们盼。

千顷荒坡，
万顷石滩，
没有人烟它想念人烟；
千顷草地，
万顷沙原，
不是良田它愿作良田。

睡了万载，
梦了千年，
它竟把海市蜃楼当成世上桃源；
躺了万载，
醉了千年，
它竟把驼峰雁翅当成塞上风帆。

太阳干呀，
风声也干，
只因它盼亲人把泪眼望穿；
老天旱呀，
流云也旱，

只因它想亲人把心血流完。

何必"劝君更进一杯酒"！
这广阔的戈壁滩，
哪里挖不出酒泉？
什么"西出阳关无故人"！
这无边的大草原，
不就是故人的心田？

三

未出阳关，
曾见白草森森接山林；
刚出阳关，
又见平沙莽莽黄入云；
远出阳关，
才知阳关以外也有江南春。

渠道网哟，
如条条白锦，
给绿洲织上了好看的花纹；
坎儿井哟，
如颗颗银针，
把荒野缝成了暖人的被衾。

地上的绵羊呀,
空中的白云,
与棉田的波浪一起翻滚;
地上的电灯呀,
空中的星群,
与天山的雪花一道飞奔。

骑驴的维吾尔农妇哟,
跨马的哈萨克牧民,
你们何时成了这里的主人?
支援边疆的青年,
修建铁路的大军,
你们何时到这里生了根?

都是毛主席的战士,
都是一个阶级的人,
不识你们的面也识你们的心;
都在一条道上走,
都向一个目标奔,
不知你们的姓名也知你们的功勋。

何必"劝君更进一杯酒"!
同志的情谊,
比什么好酒都更暖人心;
什么"西出阳关无故人"!

阶级的友爱,
能使生人和故人一样亲。

四

刚出阳关,
老远不见亲人面;
出了阳关向前走,
就同生人结下生死缘;
背朝阳关再西进,
又见二十年前的故人创建好江山。

公路网哟,
如条条长练,
给绿洲镶上了道道金边;
水库群哟,
如串串珠环,
把荒野织成了顶顶花冠。

几百里林带呀,
几百亩条田,
好像翠玉栏杆围绕在天湖四面;
几千丈冰峰呀,
几千顷绿原,
好像水晶宫殿突起在大海中间。

延河的好水哟,
南泥湾的肥田,
你们何时移到天山?
雁门的豪气哟,
五台山的烽烟,
你们为何又在建设边疆时重现?

不用介绍呀,
不用寒暄,
听见呼吸声就知道你过去在哪团;
不用施礼呀,
不用祝愿,
让我们同在天山南北再战它一百年!

何必"劝君更进一杯酒"!
这里的酒太香太甜,
小心喝醉误了长谈;
什么"西出阳关无故人"!
这里的故人成千上万,
只怕你们的拳头敲酸我的双肩。

五

声声切哟,

声声紧,
阳关外的风沙呼唤着西行的人;
红红的太阳哟,
红红的彩云,
高高的阳关变成了凯旋门。

来吧,
祖国的新人!
在这里咱们的前程似锦;
来吧,
革命的新军!
在这里咱们的红旗如林。

远年的暴君呀,
近年的恶棍,
没有留下影子只留下仇恨;
远处的强盗呀,
近处的奸人,
没吓飞尸骨也要吓掉了灵魂。

故人情意深哟,
生人情意殷,
没有人烟的地方等着种谷人;
老村有花地哟,
新村有林荫,

没有花木的地方有热烈的心。

何必"劝君更进一杯酒"!
这样的苦酒何须进!
且请把它还给古诗人!
什么"西出阳关无故人"!
这样的诗句不必吟,
且请把它埋进荒沙百尺深!

     1963 年 7 月—1964 年 1 月 14 日
      乌鲁木齐—北京

雪满天山路

同志哥呀,
早早儿来!
人说天山上冷,
咱说天山上最自在;
同志姐呀,
早早儿来!
人说这条公路险,
咱说这条公路最可爱。

天山哟,
打从天上来。
大大的步儿,
下天台;
高高的个儿,
穿银铠;
宽宽的腰儿,

扎玉带。

公路哟,
在天山上开。
公路开在天山上,
好像一条白龙驾云彩;
公路爬向天山顶,
好像龙头抬;
公路起自天山脚,
好像龙尾摆。

老苍苍的松树呀,
两边排,
如同两队神仙
朝你躬身下拜;
年青青的杉树呀,
满山栽,
如同满营仙女
为你张灯结彩。

太阳一出哟,
千树万树花儿开;
天山呀,
忽然成了人间的大花海;
朝霞一展哟,

千峰万岭把花儿戴；
白龙呀，
忽然成了天山的花飘带。

向阳处，
桃花儿开；
背阴处，
李花儿白；
高高的，
那是木棉花儿移植来塞外；
矮矮的，
那是荷花儿出水上高台。

向阳处，
杏花儿把脸儿晒；
背阴处，
梨花儿把头儿摆；
成片的，
那是平原上的棉花儿性子改；
成行的，
那是南方的腊梅花儿西边来。

同志哥呀，
早早儿来！
谁说天山上冷？

你看那花儿一直冻不衰；
同志姐呀，
早早儿来！
谁说这条公路险？
你看那花儿一直开不败。

体质不强的，
也不妨到这儿待一待！
这儿的空气呀，
能够帮你身子骨儿抗病灾；
手脚不净的，
也不妨到这儿来一来！
这儿的清风呀，
能够给你扫尘埃。

病入膏肓的，
可恕不招待！
这儿的花瓣呀，
随风一抖就能把你埋；
骨软如泥的，
可别混进来！
这儿的花枝呀，
伸伸腰儿就能刺穿你的脑袋。

这公路哟，
是为英雄开；

英雄到了公路上，
就像蛟龙走东海；
这花儿哟，
是为英雄戴；
英雄到了天山上，
就像上了庆功台。

爱山的人儿，
山也把他爱；
越冷的高山，
越出大角色；
爱花的人儿，
有花戴；
越险的路上，
越有好人材。

同志哥呀，
早早儿来！
这天山路哟，
真像咱们那又亮又美的大舞台；
同志姐呀，
早早儿来！
这大清早哟，
真像咱们这又新又好的大时代。

1963年12月—1964年1月16日

乌鲁木齐—北京

墓 志 铭[①]

血迹早已风干,尸骸早已入土,
这沉重的教训却依然使人铭记肺腑;
人间早已更换,旧垒早已拆除,
这平静的山坡却依然令人惊心怵目。

这是一块墓地——一部血写的奇书,
满载着烈士的忠贞和过分的纯朴;
这是一座坟头——一张严峻的画幅,
突现了叛徒的邪恶和无尽的狠毒。

三十年以前,这里有满山红花、满谷绿竹,
一位年青的革命家悄悄地前来访贫问苦;
过两个月后,这里有满地萤光、满天星宿,
近百名农民秘密地组成了赤卫军的队伍。

---

① 作者生前未发表,首刊于《诗刊》1979 年第 3 期,此据作者手稿。

革命风行了，斗争如火如荼，
一贫如洗的农民用生命把赤卫军掩护。
在黑暗的人间，他们像一串耀目的明珠，
又像一道闪电霹雳劈向四外的反动官府。

反革命惶恐了，白军如狼如鼠，
他们东追西捕甚至寻不见赤卫军的去处；
在接连的失败中，他们求胜无术，
于是把罪恶的黑爪伸向革命营垒的内部。

初夏某夜，山上有风雨，河谷有云雾，
赤卫军有个副队长背地里进了敌人的碉堡；
当日拂晓，天边有残月，草地有寒露，
我们的革命家在密密的竹林里设下埋伏。

副队长怀着叛卖的阴谋，走回原路，
心头有未尽的幻梦，眼中有未消的恐怖；
不提防：几个人影平空一跃而出，
长矛对准他的胸口，麻绳绑住他的胳膊……

公审大会开始了，山坡上一片肃穆，
年青的革命家要求给罪犯以最严厉的惩处：
"同志们，我们必须枪毙这个叛徒，
他比可怕的蚂蟥和血吸虫还要万倍狠毒。"

只有几位赤卫队员表示坚决的拥护:
"对叛徒的仁慈,就是对革命的残酷!"
只有几位农民放开嗓门高声大呼:
"要他的命,抽他的筋,破他的肚!"

我们的革命家不断把人们的斗志鼓舞,
几百名群众则用久久的沉默表示隐隐的踌躇,
叛徒的年迈的母亲忽然发疯般地嚎啕大哭,
浑身发抖的叛徒则用千番保证哀求一次饶恕。

纯朴的人们呵,何曾经历过这般的变故,
过于善良的心一下子被那悲惨的哭声迷住。
有位白发的老人,拍了拍自己的胸脯:
"交给我吧,我担保他改掉这个错误!"

几位妇女点着头,不住拭抹脸上的泪珠:
"不可怜他,也得可怜他那七十岁的老母!"
几位中年人叹着气,连连把眉头紧蹙:
"不看他别的,也要看他跟我们走过一段路。"

不知道是谁低声地把意愿表露:
"人心是肉长的,总不会老是那么糊涂!"
又不知道是谁把古老的格言重复:
"宁让他辜负我们,我们不能将他辜负。"

年青的革命家未曾放弃为真理辩护，
可是，他用尽了言词也不能把人们说服；
公审大会从清晨开到炎热的晌午，
最后，竟以赦免叛徒的死罪而结束。

一个月后，夜气遮天，野草满路，
那被赦免了的叛徒又一次溜出山谷；
当日拂晓，风雨交加，乌云密布，
成千白军突然把四百革命军民团团围住。

没有一个人求饶，没有一个人屈服，
四百军民以血肉之躯抵挡了敌人的猛扑；
没有一个人幸免，没有一个人逃出，
四百军民在同一时刻蒙受了残酷的杀戮。

每个人倒下去的时候，都满怀愤怒，
用锐利的眼光瞄准那个耀武扬威的叛徒；
每个人临近死亡的瞬间，都目无反顾，
以凛然的气概瞻望人间的无限的前途。

死者死了，生者并不曾却步！
他们用一堆新土掩埋了四百人的红心白骨；
旧时代消亡了，新时代已经跃出，
烈士的遗志将在世界上活到千秋万古。

人们呵,不要叹息,也不要啼哭!
只消把这朴质的铭文粗粗地读上一读;
人们呵,无须悲伤,也无须痛哭!
只望不让这惊心怵目的事件在生活里重复!

1964 年 5 月,皖南

团泊洼的秋天

秋风像一把柔韧的梳子,梳理着静静的团泊洼;
秋光如同发亮的汗珠,飘飘扬扬地在平滩上挥洒。

高粱好似一队队的"红领巾",悄悄地把周围的道路观察;
向日葵摇头微笑着,望不尽太阳起处的红色天涯。

矮小而年高的垂柳,用苍绿的叶子抚摸着快熟的庄稼;
密集的芦苇,细心地护卫着脚下偷偷开放的野花。

蝉声消退了,多嘴的麻雀已不在房顶上吱喳;
蛙声停息了,野性的独流减河也不喧哗。

大雁还没有南去,水上只有默默浮动的白净的野鸭;
秋凉刚刚在这里落脚,暑热还潜藏在好客的人家。

秋天的团泊洼呵,好像在香甜的梦中睡傻;

团泊洼的秋天呵,犹如少女一般羞羞答答。

团泊洼,团泊洼,你真是这样静静的吗?
全世界都在喧腾,哪里没有雷霆怒吼、风云变化!

是的,团泊洼的呼喊之声,也和别处一样洪大;
听听人们的胸口吧,其中也和闹市一样嘈杂。

这里没有第三次世界大战,但人人都在枪炮齐发;
谁的心灵深处——没有奔腾咆哮的千军万马!

这里没有刀光剑影的火阵,但日夜都在攻打厮杀;
谁的大小动脉里——没有炽热的鲜血流响哗哗!

这里的《共产党宣言》,并没有掩盖在尘埃之下;
毛主席的伟大号召,在这里照样有最真挚的回答。

这里的《水浒》,已经开始受到众人的唾骂;
反对投降主义的声浪,正惊退了贼头贼脑的鱼虾。

解放军兵营门口的跑道上,随时都有马蹄踏踏;
五七干校的会议室里,荧光屏上不时出现《创业》和《海霞》。

在明朗的阳光下,随时都有对修正主义的口诛笔伐;
在一排排红房之间,常常听见同志式温存的夜话。

……至于战士的深情,你小小的团泊洼怎能包容得下!
不能用声音,只能用没有声音的"声音"加以表达:

战士自有战士的性格:不怕污蔑,不怕恫吓;
一切无情的打击,只会使人腰杆挺直、青春焕发。

战士自有战士的抱负:永远改造,从零出发;
一切可耻的衰退,只能使人视若仇敌,踏成泥沙。

战士自有战士的胆识:不信流言,不信欺诈;
一切无稽的罪名,只会使人神志清醒、大脑发达。

战士自有战士的爱情:忠贞不渝,纯美如画;
一切额外的贪欲,只能使人感到厌烦,感到肉麻。

战士的歌声,可以休止一时,却永远也不会沙哑;
战士的明眼,可以关闭一时,却永远也不会昏瞎。

战士可以在这里战斗终生,却永远也不会告老还家;
战士可以在这里劳累而死,却永远也不让时间的财富白搭……

请听听吧,这就是战士一句句从心中掏出的话,
团泊洼,团泊洼,你真是那样静静的吗?

是的，团泊洼是静静的，哪里会时刻都在轰轰爆炸！
不，团泊洼是喧腾的，这首诗篇里就充满着嘈杂。

不管怎样，且把这矛盾重重的诗篇埋在坝下，
它也许不合你秋天的季节，但到明春准会生根发芽……

1975 年 9 月

秋　歌[①]

——之六

不止一次了,清爽的秋风把我从昏睡中吹醒;
不止一次了,节日的礼花点燃起我心中的火种。

今年的秋风似乎格外锐利,有如刀锋;
今年的礼花似乎格外明亮,胜过群星。

我曾有过迷乱的时候,于今一想,顿感阵阵心痛;
我曾有过灰心的日子,于今一想,顿感愧悔无穷。

到时候了,再也不能一天到晚沉沉睡梦;
到时候了,再也不能一天到晚无动于衷。

滚它的吧,市侩哲学、庸人习气、老鼠眼睛;

[①] 写于1975年10月,作者去世后首刊于《诗刊》1976年第11期,此据手稿编入。

一个战士,怎能把这些毒剂当成人参鹿茸!

见鬼去吧,三分杂念、半斤风险、一己声名;
一个战士,怎能把这些坏货看作银宝金钟!

面对大好形势、一片光明,而不大声歌颂,
这样的人,哪怕有一万个,也少于零。

眼见"修正"谬种、鬼蜮横行,而不抽动鞭声,
这样的人,即使有五千个,也不过垃圾一桶。

磨磨刀刃吧,要向修正主义的营垒勇敢冲锋,
跟上工农兵的队伍吧,用金笔剥开暗藏敌人的花色皮层!

清清喉咙吧,重新唱出新鲜而有气势的战斗歌声,
喝杯生活的浓酒吧,再次激起久久隐伏的革命豪情!

人民的乳汁把我喂大,党的双手把我育成,
不是让我虚度年华,而是要我永远参加伟大的革命。

同志给我以温暖,亲人给我以爱情,
不是让我享受清福,而是要我不懈地进行果敢的斗争。

战士的一生,只能是战斗的一生,
一秒钟也不能放下武器,过小日子,安安静静。

战士的作风,只能是革命的作风,
一秒钟也不能止步不前,模棱两可,消消停停。

我知道,总有一天,我会衰老,老态龙钟;
但愿我的心,还像入伍时候那样年青。

我知道,总有一天,我会化烟,烟气腾空;
但愿它像硝烟,火药味很浓,很浓。

听,冰雪辽河,风雨长江,一直振振有声;
听,南方竹阵,北国松涛,还在呼喊不停。

看,运粮车队,拖拉机群,一直轰轰跃动;
看,无数战马,百万雄兵,永远向前奔行。

清爽的秋风呵,已经把我的身子吹得飞上晴空;
节日的礼花呵,已经把我的心烧得大火熊熊。……

个人是渺小的,但我感到力大无穷;
因为帮我带我的,是雄强勇健的亿万群众。

我是愚笨的,但现在似乎已百倍聪明;
因为领我教我的,是英明伟大的领袖毛泽东!

深深的山谷

沉沉的冬夜,风在狂吹,
星星蜷缩着,在严寒中微睡。
炉火上的水壶打着鼾声,
蒸汽在玻璃窗上涂抹花卉。
两个女人坐在床边对谈着,
声音里跳着激情,一点也不疲惫。
年长些的,灵巧的手指打着毛线衣,
年青的,眼眶中含着晶亮的泪水。

"是呵大刘,我真不够坚强,
想起他,我的心就觉得冰凉。
他给过我太多的幸福,
也留下了太大的创伤。
冬天的风雪吹去了夏日的暑热,
而我过去的经历却老不能遗忘。
哎,这一代人都活得那么好,

为什么我的命运这样的凄怆!"

大刘轻轻地放下毛线活,
右手把对方的左腕紧握:
"安静些吧,小云,
这点风浪算不了什么。
在生活的长长的河流里,
谁能够不遇到一些波折!
爱情永远是一场不平等的贸易,
付出的总比收入的要多。

"也许,你以为我过于幸福,
全不懂得你身上的痛苦。
不,我也有过可怕的记忆,
压在我的心上,艰难地走过长途。
就在那战争的严峻的日子里,
爱情也曾把我的生活蒙上迷雾,
我战斗过,我有过光荣,
可是我也沉迷过,也有过耻辱。

"……那是抗日战争的初期,
我跟你现在一样,年青而美丽。
少女的心好像明净的天空,
对一切都是坦然的,无忧无虑。
由于对革命的热烈的追求,

从遥远的南方走向陕甘宁边区,
没有亲人,也没有同伴,
我只身行走了几千里。

"像所有的年青女子一样,
我到处碰见那男性的大胆的目光,
也像所有的庄重的姑娘一样,
我总是回避开,眼神固定在一个地方。
无论在西北的荒村的兵站里,
也无论在黄土飞扬的公路上,
我只是不声不响地沉思着,
心哪,为了远大的未来张开了翅膀。

"当汽车驰进了陕甘宁的边境,
车厢里立刻响起快乐的歌声,
女伴们因喜悦而涌出了眼泪,
男伴们的脸因激奋而涨得绯红。
这时候,有一支洪大的声音,
突然在我的斜对面轰鸣,
我无意中朝那里望了一下,
哦,长睫毛覆盖着一双锐利的大眼睛。

"在战争中最怕遭受意外的袭击,
男性的突来的目光也常使人战栗。
他的这锐利的奇异的一瞥呀,

竟使我的心久久不能平息。
当我仰望着那北方的晴朗的天空,
环视着那边区的广阔而自由的土地,
我感到,我是置身于美好的世界中了,
这双眼睛呵,格外地叫我沉迷。

"不知道是一种什么样的力量,
促使我不断地偷偷把他看望。
呵,这真是一个不平凡的男子,
黝黑的脸上突起来高高的鼻梁,
额头微皱着,露出深沉的忧郁,
稳重的举止显得文雅而大方。
他的眼神也是宁静不紊的,
只是常常跟我的发生击撞……

"爱情是这样一种无形的绳索,
只要缚住了你就难以摆脱。
我想,到了延安就会好了,
即使留下隐隐的伤痕也会愈合。
可是,现在在他的面前,
我几乎忍不住这焦心的寂寞。
我也曾暗暗地羞辱过自己:
这多不好呀,为什么这样轻薄!……

"延安,宝塔,曲折的延河,

成排的窑洞,中央组织部招待所,
新的阳光,新的画面,新的语言,
引起了我多大的惊奇和快乐!
唯有这时候我才把他忘记了,
我面前展开了一种伟大的生活。
可是就在那一个苍茫的黄昏里,
他突然迈着急速的步子逼近了我。

"我一点也记不得他怎样把我呼唤,
也不知道我怎样跟他走到延河边,
我只能顺从地等待着、承受着
他那表白爱情的火一般的语言,
他那强有力的拥抱和热烈的吻,
呵,我的心真是又幸福、又狂乱!
当我清醒些时,才投在他的怀中,
哭泣我失去了少女的心的平安。

"于是,他温柔地把我抚慰,
用诗一般的调子在我耳边低语:
'我爱你,是因为看透了你的心,
我爱你,是因为我绝对地忠实于自己,
我决不戏弄这只有一次的人生,
而爱情是人生的最重要的依据。'
这奇特的发誓似的表白,
唤起了我更深的爱、更大的敬意。"

"嘻,我们女人有时候真傻,
就爱听男人的最动人的假话!"
小云急切地插嘴说,
这时,室外的疾风正把门窗拍打……
"不,你不要以为他有什么矫饰,
我们的爱情也曾开满了鲜花,
他的持久而炽热的热情,
简直把我的整个身心熔化。

"延安的三个月的生活,
我们过得充实而且快乐,
延河边上每个迷人的夜晚,
都有我们俩的狂吻和高歌。
我们之间从来没有过争吵,
他对我总是那么温存又柔和,
只在离开延安的前几天,
才发生了一次小小的风波

"组织上把我们分配到前线,
我慨然同意了,他却默默无言。
晚上,我们静静地坐在延河岸上,
望着对岸的灯火,听着流水潺潺。
他忽然问:'你不是最喜欢延安吗?'
我说:'是呵,我真有些留恋。'

他又问:'那么为什么要到前方呢?'
我说:'打仗呗,我要当个女游击队员。'

"他的眼睛斜视着我,睫毛微微翻动,
我还是第一次看见他讥讽我的神情。
他说:'你已经不是小孩子了,
世界决不是如你想象的那样光明。
就在延安,也没有我们多少发展的余地,
但这里自由而平静,至少不会受到嘲弄;
而前方呢,那里没有知识分子的荣耀,
会冲锋陷阵的,才是顶天立地的英雄。'

"看,他的思想有多么离奇,
我禁不住恼怒了,我感到羞耻。
我断定他这是懦怯和动摇,
我骂他这是卑鄙的个人主义。
我说我无条件地服从组织的决定,
我表示即使他不去我也要去……
而他呢,多奇怪呀,他一声不响,
安静地低着头,听任我的申斥。

"我想,他事后也许会同我决裂,
但是他不,第二天他就表示妥协。
他说:他一定要消除心中的阴影,
在艰巨的斗争中变成朴素和纯洁。

随后,那柔婉的爱情的申斥,
又像瀑布般地滔滔不绝。
我呢,也像平常的情形那样,
阴雨过去了,太阳的光更火烈。

"我们一起到了太行山根据地,
开头,我们的生活也很有意思。
我是分区警备连的文化教员,
他在分区政治部当宣传干事,
每次宿营我们都住得很近,
他几乎在我身旁度过每个休息的日子。
那时,敌后的形势还不十分紧张,
我们常到山沟里谈说爱情和往事。

"然而,环境毕竟要改变人的习性,
我呀,渐渐地少了女性的柔情。
我在朴质的农妇中找到了朋友,
听到农民的粗野的话也不再脸红。
我越来越不喜欢缅怀自己的过去,
倒热衷于跟战士们一起议论战争。
在生活上我也变得不修边幅,
军帽压着乱发,皮带束在腰中。

"我发觉,我生活和思想上的每一变移,
都引起了他的隐隐的不安和轻视。

有一次,我说:'看我成了野姑娘了。'
他感叹起来:'唉,我更爱从前的你!'
可是,他对我的热情并没有减退,
反而显得比从前还要亲昵,
他甚至一天也不愿意离开我,
我跟女同志往还,他都有点妒嫉。"

"那么,他在思想上就没有变化吗?"
小云一直凝神地听着,忽然把话插。
"不,他的变化是更深刻的,
当然,他比我可要几倍地复杂。
从表面上看,他是老实多了:
在最热闹的场合里,他总是一言不发,
对于周围的同志,他是温和而有礼貌,
在组织面前,他显得十分听话。

"可是,他的内心有极大的矛盾,
这个矛盾在他的灵魂中藏得深深。
在我被批准入党的前一天,
它才爆发了,但时间也只有一瞬。
我先暗示他:'我们都会入党的,
早一些入党也不一定表示先进。'
他的感应真是锐敏极了,
眼睛大睁着,额头上皱起深纹。

"可是他忽地又平静下来,
冷冷地说:'这事一点也不奇怪,
人和事总会依照固有的规律发展着,
只不过有时候未免发展得太快。'
我说:'那么,你也积极争取吧,
在这条道路上我们不妨来个比赛。'
他鄙薄地笑一笑,捶了捶头:
'我长的是一颗永远落后的脑袋!'

"这奇怪的话真叫我好气,
但我当时还极力控制我自己。
我想,大概又伤了他男性的自尊了,
我说:'这是政治问题,可不是儿戏。'
他忽然发狂似的大笑起来:
'对,对,我的错误就在这里。
我本来是一匹沙漠上的马,
偏偏想到海洋的波浪上驰驱。'

"老实说,他的话当时我并不完全懂,
但我讨厌他那种奇怪的表情。
我激动了:'不要以为自己了不起,
想想你到底为人民立了什么功!'
他反而显得心平气和了,
闪一闪他那锐利的大眼睛:
'第一,那要首先给我立功的条件,

第二,也要看我自己高兴不高兴.'

"这段话激起了我绝大的气恼,
我毫无顾忌地尖声喊叫:
'多卑鄙,你说的是人话吗?
多亏老百姓的小米把你喂饱!'
我这声音惊动了周围的同志,
他们好意地来调解我们的争吵。
他呢,趁这机会悄悄地走开啦,
第二天托人给我送来一张便条。

"便条上写着:'热烈地庆祝你,
光荣的共产党的好儿女。
你也是我的生命的寄托之所,
失去了你,我就失去了生活的勇气。
请你耐心地等待等待吧,
慢慢地,我也许还能缩短与你的距离。
亲爱的,我已经成了暴风雨中的小草,
不要再给我过多过大的刺激!……'

"不仅出于爱,而且出于怜悯,
我立即到他的住所把他探问。
他一看到我的温和的面色,
泪水就滴滴地落在那油黑的衣襟。
哎,他那深蕴着苦痛的姿态,

又触动了我的女性的柔痴的心。
从此,我们算是重新和好了,
纵然,我们中间又添了一道裂痕。"

"嘻,女人的心真是胶做的,
爱上了一个人就不肯舍弃。"
小云自言自语地叹息起来,
仿佛又沉入她自己的回忆里。
此刻,外面的骚音停息了,
桌上,马蹄表的时针指向十二时。
星星纷纷沉没在黑色的天幕中,
月光像雪一样铺满了大地。

"那时候,还根本谈不上舍弃,
我连想也没想过跟他分离。
当我听到他那种意味深长的话,
我确也痛苦过而且感到惊奇。
可是,我决不从坏处着想,
确信什么事情都有美满的结局,
而且在那沸腾的战斗生活中,
爱情在我身上越来越降低了位置。

"我的主要弱点是幼稚又愚昧,
不理解复杂的人生和社会。
小云,你和那时的我一样单纯,

这平凡的故事很值得你回味。
好吧,我略去其中的详细情节,
只交代故事的不平凡的结尾。
哎,我从来不大愿意谈起这事,
并不是因为眷恋,而是由于愧悔。

"春天,山沟里的小河解冻了,
流水像婴孩,发出儿歌似的声响,
战地中有时候也安静异常,
连山上的石头都仿佛在沉思默想。
这时节,鸡毛信忽然传来消息,
说敌人发动了春季'大扫荡',
于是,整个根据地都动了起来,
小河的流水也显得格外繁忙。

"这次的扫荡可不比以前,
敌人的兵力至少有一个师团,
五个箭头指向我们的腹地,
分进合击要把我军的主力围歼。
战斗在一个阴天的拂晓打响了,
炮火把每个山头都震动得发颤。
春天的田地上不见人影,
敌人侵占的村落里冒起了浓烟。

"我们的司令部安排好了对策,

部队的行动真是神出鬼没。
白天,我们隐伏在严密的山林里,
谈笑、睡眠,等待天黑日头落;
黑夜,我们奔走在险峻的山道上,
一会向北进,一会又向南折。
战斗的意志如同滚滚的长江,
我们行走的路线却像九曲黄河。

"三天、五天、七天、九天过去了,
战士心中充满了渴望战斗的焦躁。
当失去了母亲的孩子的哭声
荡起山谷的回音在我们耳边缭绕,
当踯躅地走在山路上的老人
由于惊恐和疲惫在我们面前跌倒,
我们总是痛苦地看看肩上的枪,
比枪还重的心哪,发狂似的暴跳!……

"第十天早上,炮声从四面八方响起,
机枪的哒哒声由模糊而逐渐响得清晰。
我们知道,战斗的日子到来了,
但我们分明已处于被包围的境地。
中午,通讯员传来上级的命令:
叫我们连队开上高山准备迎击!
战士们的眼睛闪着怒火,
一阵急步,像猛虎一样奔上山去。

"呵,我几乎忘记了这个故事的主人公。
在山脚下,我远远望见了他的踪影,
他站在队伍旁边,向我频频招手,
我可来不及招呼他,一直奔向山峰。
爬到山腰,我不自主地回头望了一望……
嘻,敏感的指导员发现了这个场景,
他以命令的口气对我说:
'下去!跟你的爱人一起行动!'

"我感到,我受了难堪的侮辱,
我装作没听见,急速地迈着大步。
这时,炮弹像冰雹般地在前面落下,
烟尘像一道长堤挡住我的去路。
而机关枪弹带着尖厉的嘘声
越过我们的山头,跌进山谷。
呵,这突然的遭遇真把我吓傻了,
我坐在山坡上,眼前一片昏糊。

"当我清醒了一些的时候,
我们的连队早已登上山头。
我忽然想到,他要在我的身边就好了,
然而他已跟着他们的队伍走进山沟。
我又想叫指导员来帮助帮助我,
可是我,一个女人,难道就该落后?

一种战士的自觉又唤回我的勇气,
我奔上去,加入了战斗。……

"太阳逐渐西沉,战斗越来越激烈,
敌人显然想在天黑前把我们歼灭。
我们外围的阵地一个个沦陷了,
密集的炮火向我们这座山上倾泻,
日本兵的野性的喊声,
如狼群嚎叫一直没有停歇。
当敌人发起第五次冲锋的时候,
天快黑了,山那边出现了一轮新月。

"而敌人的进攻还没有衰退的征候,
我们手中却只剩下一个高山头。
我们所有部队都被压缩到这里,
摆开阵势,要在这里坚守。
当一阵最激烈的冲锋被打下去,
敌军的阵地上发出一阵狂吼,
据说,这是一种'胜利'的欢呼,
表示一群生命因天黑而得救。

"战斗后的山上是一幅奇异的图画,
血与仇恨、呻吟和笑语一起掺杂。
这里是黑影幢幢有人宣布开会,
那里有护士把伤兵的伤口包扎。

有人伏在草丛中沉沉入睡,
有人乘着月光把武器拭擦。
我自己呢,有我自己的沉重的心情,
急不可待地要在人堆中找到他……

"我不能没有焦心的悬念,
悬念着我所爱的人的生命安全。
我找到政治部的队伍,
人们说:他刚刚走到队伍的外边。
我沿着他们指的方向找去,
呵,一个黑影在那里微微抖战,
往前看,是一道深深的山谷,
就是他,站在那悬崖的边缘。

"我又惊又喜地叫了起来:
'哎呀,你这人多么地古怪!
你为什么不去找我呢?
我想:你也许真地出了什么意外……'
他那锐利的眼睛朝我闪了一下,
呵,他的脸在月光下显得紧张而苍白!
可是他却一句话也不说,
低下头,望着深深的山谷发呆。

"我想,他一定因为我的冷淡而生气,
我应当婉转地向他作一番解释。

我说：'我这一回真的参加战斗了，
因为我是连队里的成员，义不容辞。
其实打仗有什么！当我要发射第一粒子弹，
我那拉枪栓的手实在有些战栗，
但当我第二次对准敌人扳动扳机，
我只感到，我不过在执行着战士的天职。'

"他突然说：'我只对一件事发生兴趣，
就是，你为什么还不快些把我忘记？'
我大大吃惊了：'你为什么这样想？
我对你的爱难道有什么虚情假意？'
他说：'我相信，直到现在你还没有丢掉我，
但那是因为旧日的记忆还没有消蚀。'
我赌气地说：'你有意见就照直说吧，
我一定听，不要这样弯弯曲曲！'

"他说：'好吧，时间快到了，话也不多。
可惜，我从来还没跟你好好谈过。
过去，我一直认为你单纯得如同一张白纸，
其实，这都是我的愚蠢和过错。
你是这个时代的真正的主人，
你安于这个时代，跟它完全调和；
我呢，我是属于另外一个时代的人，
在这个世界里无非是行商和过客。'

"我更惊奇了,用力地抱住他的腰身,
我说:'你的情绪为什么这样低沉?'
'听下去吧,不要再打断我的话,
我说这些,是因为惋惜你的未泯的忠贞,
纪念你由于不理解而虚掷的爱情,
感谢你对我的不被欢迎的关心,
虽然在现在的我与将来的你之间,
保存下来的不会是情谊,而是憎恨。'

"'我不听,你说得多可怕呀!'
我恐怖地叫起来,直直地望着他。
他冷静地点点头:'好,为了使你安心,
我不说这么过分刺激你的话。
亲爱的,我实在离不开你,
但是,你和我之间有天壤之差,
我曾经想使你跟我的心接近,
我自己也企图朝你那方向转化。

"'但是,一切的努力都失败了,
命运的安排是如此地不可动摇。
我少年时代的富裕生活,
就培植了我的优越感和清高;
我的锐敏和聪慧的天赋,
更促成了我性格上的孤傲。
我的这种利己主义的根性,

怎么能跟你们的战斗的集体协调?

"'你也许要问:我为什么来革命呢?
那是因为反动统治压得我直不起腰,
在那黑暗的社会里我也毫无出路,
所以才向革命索取对于我的酬劳。
我当然也可以支付我的一切,
但那仅仅是为了我个人的需要,
只有先给我的欲望以满足,
我才肯去把英雄的业绩创造。

"'是你把我带进这革命战争的前哨,
而这里斗争太尖锐了,使我来不及重新思考!
要我用服从和自我牺牲去换取光荣吗?
在我看来,那不过是一场太严肃的胡闹。
当然,我不埋怨你、也不怪罪你,
这是时代对我这样的知识分子的嘲笑。
我呀,也许是一个治世的良才,
在这动乱的日子里却只能扮演悲剧的主角。

"'我毫不怀疑,你们会取得最后的胜利,
可是,这胜利并不是属于我的;
我也决不否认,你们一直好心地关怀着我,
可是,这种关怀反而加深了我的敌意。
当然,我也不愿去当革命的叛徒,

因为,那对于我跟革命一样没有意义。
我真诚地尊敬你,而且羡慕你,
你懂得战斗的欢欣和生命的价值。

"'不过,你不要以为我还有什么痛苦,
我有的只是一点对于痛苦的恐怖。
我怕在突围中被乱枪打死,
因为那太不符合我一生的抱负;
我怕你终有一天斩断对我的爱情,
因为那时甚至没有人看着我生命结束,
我怕那无尽的革命和斗争的日子,
因为,那对于我是一段没有目的地的旅途。'……

"他的冷静而惊人的话随即停止,
而我的心还被煎熬着,理不出头绪。
忽然,山谷里发出一声低沉的回响,
仿佛大海上落了一块岩石。
我不自觉地向左右望了一望,
呵,他那熟悉的身影已经消逝。
小云,当时我完全迷乱了,
我心想:他跳下山做什么去了呢?

"呵,这是多么深、多么深的一道山谷,
上面,蒙了一层灰色的轻纱似的烟雾,
下面,在惨淡而清冷的月光中,

露出了团团黑云般的高树。
那么,我的人呢,我的人呢,
他是不是已经在哪棵大树下睡熟?
不,不。当我清醒了的时候,
我就伏倒在崖边上痛哭……

"我哭泣,放肆地、不休止地哭泣,
突然,耳边响起声声严厉的申斥:
'不许哭,不许哭!
你再哭,我枪毙你!'
我抬起头,迎着声音一看——
是我们的指导员怒冲冲地站在那里。
啊,我一点也没有受辱的感觉,
反而得到了一种巨大的支持。

"可是,指导员的怒气并没有消退,
他继续申斥着:'你原来还是个胆小鬼!
站起来!……站起来!……立正!
怕什么?我们虽然受了敌人的包围,
可是,正因为我们吸引住敌人的兵力,
我们主力才绕到敌后,消灭了它一个联队。
今天夜里,我们就要里应外合打出去,
快,到队伍里去,好好睡一睡!'

"我不哭啦,我低声地告诉他:

'我的爱人刚才跳崖自杀啦!'
他惊奇地往下望了一望,
说:'太深了,已经没有办法!
……可惜,这是一个有学问的人,
但也是一个软弱无能的傻瓜。
走吧!叛变、逃跑、消极又能怎样呢?
革命还一样要生根开花。'

"这时,我的勇气重又上升,
我的神志又完全恢复清醒。
我跟他进入我们的英勇的连队,
我跟着他们跑步下了山岭,
我们冲破了敌军的重重封锁,
我们的主力又来把我们接应。
在平原上一个不熟悉的小村里,
我们迎来了一个美好而晴朗的黎明。

"小云,我的这段经历已和盘托出,
还有一点必须向你交代清楚:
刚才说的那位指导员,
就是我现在的丈夫。
他当然也是一个很普通的人,
可是我们走的是共同的人生的道路。
我是经过长久的考虑才爱上他的,
你知道,我们的生活过得很幸福。"

小云睁着那水灵灵的眼睛，
现出一种振奋的深思的神情：
"人生是多么复杂啊！
当然,我的遭遇跟你并不完全相同。"
这时,室内的温度已经降低,
炉上的水壶已经停止了鼾声,
天上的月亮正在徐徐下落,
远处,传来了阵阵的鸡鸣……

1957 年春节

白雪的赞歌

一、惊　愕

雪落着,静静地落着……
雪呵,掩没了山角下的茅舍,
掩没了山沟里的小道,
却掩没不了动乱的战争生活。

雪落着,静静地落着……
雪呵,扑灭了禽鸟的高歌,
扑灭了野兽的放荡的足迹,
却扑灭不了人间的战斗的欢乐。

中国的顽强的大地呵,
并没有为冬天的寒冷所封锁,
它豪爽地敞开宽大的胸脯,

让送军粮的大车队轧轧走过。

中国的英武的战斗者呵,
决不会在严峻的风雪里萎缩。
他们依然昂首阔步地行进,
为这白色的世界染上绚烂的颜色。

而我,又回到你们的行列里了,
我的步子也不比你们小多少。
在我们的雄伟的战斗集体中,
我虽不特别坚强,也不算软弱。

让我把大衣皮领提得更高些吧,
风雪呵,你也辨不出我是女是男。
我纵然离开了战斗的岗位,
却不甘心失掉战士的尊严。

昨夜,我的心还感到阵阵的痛楚,
因为我是军中少有的一个产妇;
所有的同伴都在前线奔走,
只有我平安地睡在后方的小屋。

女性,当然不是耻辱的头衔,
但在战争中它终于为我带来忧患。
如果不是由于怀孕、生孩子,

也会跟他战斗在敌后,肩并着肩。

我们结婚后还不满一年,
蒋匪军就把我们的县城攻占。
我怀着八个月的胎儿,
坐在牛车上,告别了前线。

在一个刚被敌机轰炸过的小镇里,
我和他度过了最珍贵的一宿。
他紧紧拥抱着我一再地嘱咐:
"明天分别的时候你可不要哭!"

是的,我终于克制住了自己。
我呀,也是一个不含糊的战士!
可是,我们却走了不同的方向,
一个向前挺进,一个向后转移。

在行军路上一座带棚的牛车中,
一个幼小的生命宣告诞生。
哎,这又是个顽强的家伙,
刚刚出世就像山羊似的叫个不停。

如今孩子出生还不到两个月,
母亲的心就已为他的哭声撕裂。
不是年青人不懂得慈爱,

而是分离的烦恼难以排解。

现在,一切都要过去了,
后方政治部主任召唤了我,
就在前面他们驻扎的村庄里,
我将接受一桩崭新的工作。

是呀,只要不离开斗争的生活,
无论什么烦恼都可以解脱。
让繁重的任务压在我的肩头吧,
除此以外,我并不缺少什么。

也许,要把我派往游击区,
跟他紧紧地战斗在一起。
那更好了,我不是软弱的女人,
不会连累你这坚强的县委书记!

那么,这个孩子又怎样安置?
作为母亲当然不能把他舍弃,
他呀,不仅是我们共同生活的结晶,
而且是革命和战争的珍贵的儿子。

还是去听政治部主任的吩咐吧,
战士的天职就是适应党的需要。
年老的主任是个饱经风霜的人,

他的考虑一定比我自己还要周到。

风雪呵,不要吹乱我的长睫毛,
这银色的土地该有多么美好,
我的明亮的眼睛也是他所珍爱的,
今天为了祝福他我要看个饱。

风雪呵,不要摇动我的身腰,
我的瘦长的身子跟他一样高。
此刻,他正在长城边上挺进,
你风雪再猛也不能将我吹倒。

风雪呵,你不要把我的心思撩乱,
我怎能用烦恼来填满时间!
一个战士如果总把眉头紧皱,
那简直比懦怯还要难堪。

风雪呵,你不要把我的爱情耗损,
我要将它像大雪那样厚厚积存,
当我带着孩子跟他重新相见时,
会像滚滚的江河冲击他的周身。

到了。就是那个覆盖着白雪的村子,
它在山沟里隐藏得多么严密。
而我这跳得要迸出胸脯的心啊,

幸亏裹着一层厚厚的皮大衣。

到了。就是那虚掩着的小门,
老远地看,它好像关得紧紧。
而我这充溢得快要流淌的感情啊,
要让它冻结在心里,不露毫分。

我推开门,走进小小的院落,
北房传来阵阵苍老的干咳。
在屋里,上年纪的主任正躺在炕上,
一个年青的医生给他试着脉搏。

主任向我点点头,让我坐下,
却又不理我,只顾跟医生说话:
"她叫于植,就是县委书记的老婆,
一个勇敢的女同志,胆子挺大。"

我哪里值得这样的夸奖!
我扭过头,故意向窗外凝望。
主任又说:"她是经过考验的,
要不是生孩子,她也不会来到后方。"

我又回过头,正好碰上医生的眼光,
它是那样困惑又那样忧伤!
呵,这肩膀很宽的精壮的汉子,

好像缺少一种男性的力量。

主任坐起来,一抹愁云挂在眉宇:
"有件事情不能不告诉你,
但是,你千万不要过分难过,
这是战争呵,你应当经得起!"

我的身上打起了一阵冷战,
两耳轰鸣着,眼睛什么也看不见。
我还懂得要竭力地冷静,
艰难地捕捉他那迟慢的语言:

"半个月前,在一次战斗中,
你的爱人负伤以后失了踪,
据前方估计他可能被敌人俘去,
但确实的下落至今还没有查清。"

我听明白了,呵,我听明白了,
这并不是什么可怕的噩耗,
他还没有死,他还活着,
只要活着他就能够逃跑。

主任又说:"也不要把事情想得太坏,
说不定他什么时候会忽然回来。
前方还在想尽方法去寻找,

我想总可以把他的下落弄明白。"

于是,我仿佛在雪地望见他的踪影,
他正背着长枪奋力地匍匐而行,
从他那胸脯上,不,从大腿上,
有一股红色的血流向外飞迸……

不,不,他既已当了敌人的俘虏,
哪能够轻易地从监视下逃脱?
这个念头像一枚爆裂的炸弹,
一下子把我不安的心撕破。

我吃力地想:我了解他的性格,
如果被俘,除了死他不会有别的选择。
他是一个知名的县委书记呀,
敌人知道了,哪能把他放过!

于是,又仿佛在朦胧的雪地里,
一排红色的子弹向他身上射去。
他高喊着口号突然倒下了,
厚厚的白雪掩盖了他的身体。

呵,这真是最沉重的打击!
风暴般的痛苦攫住我的神志。
我呆呆地坐在那个凳子上,

身子好像失去了活动的能力。

我仿佛还能够克制自己,
我心想:一个战士可不要哭泣!
当我勉强睁开眼睛看的时候,
啊,泪水已经湿了我的皮大衣。

我更惶惑了,为什么这样健忘?
主任就在刚才曾把我夸奖,
我应当坚强起来。我问:
"主任,你最近的身体怎么样?"

主任轻松地回答:"没什么,
五年前,一个医生就预言过,
说我的寿命最多只有三年,
而现在我已经活了五年多。

"医生同志,你再预言一次吧,
我大概还会超额完成计划。
当然,战争里有很多偶然性,
不过,有价值的死并不可怕。"

医生的神情再一次显出困惑,
他低下头,什么话也不说。
我想:他大概是为我们而忧伤,

可是那神情却像姑娘般的羞涩。

主任说:"回去吧,好好休息,
要看开一些,不要过于着急!
关于你爱人的确实下落,
前方一来电报,我们就告诉你。"

他的刚毅的话使我感到宽舒,
我告别了主任,走出了屋。
可是,当我迎向那漫天的风雪,
一股巨大的哀痛又把我攫住……

二、信　念

在极度的绝望和沉重的哀愁里,
我拖着两腿回到我居住的村子。
旋转着的、遮天盖地的雪,
在我的摇曳的身上落满了悲戚。

无知无识的孩子正在甜睡,
小嘴呷动着,嚼着幸福的滋味。
陪伴我的房东姑娘哼着小曲,
坐在灶前,为我做饭烧水。

呵,一个刚强的女人眼含着泪,

战士的孩子转眼变成了孤儿,
妹妹啊,你做的菜饭再香,
也进不了我这装满辛酸的胃。

呵,照耀着阳光的心蒙上烟雾,
一只张帆远航的船迷了路途。
妹妹啊,你那朴质的小曲,
唱得我的空荡荡的心好凄楚!

忽然,我头脑中生出一个念头:
我为什么不到前方寻找和战斗?
靠悲痛就能改变命运吗?
进攻的阶级怎能消极退守?

多糊涂,在主任面前的时候,
你为什么不勇敢地提出请求?
迷惘的神态又于事何补呢?
痛苦、悲愁,难道就能把他搭救?

哇、哇……小山羊又从梦里爆出哭声,
仿佛他已发觉这场巨大的不幸。
呵,这小生命又靠谁抚养呢?
他的父母会是这家好心的房东!

不,他决不是我的累赘,

他的生命比我自己还要珍贵,
为了追念我心上的人,
他的哭声都是我的安慰。

想到这里,涌来的是更威严的空虚,
失去了丈夫,难道又要失去孩子?
呵,我宁用自己的死换取这种牺牲,
怎么办呢?我面向墙角低声哭泣。

哭泣是一种享受,久了也会厌倦,
我走出屋,眼光投向天边。
呵,茫茫的白雪还在飘落,
千万条羽箭射乱了我的视线。

什么是他遗留下来的纪念?
是孩子,不,还有三封信件,
我用抖动的手把它们取出来,
黄色的土纸上留下了万斤的情感。

仿佛是大旱天寻察天上的云丝,
我拭干眼泪看着那行行的小字;
第一封信写于他进入敌占区的时候,
纸上飞跃着紧张和匆忙的气息。

"……这里的局面已经打开,

群众用无声的微笑欢迎八路军回来,
我们的活动却还得十分隐秘,
分成小股插进敌人的中心地带。

"毫无疑问,我们一定能站住脚跟,
敌人的优势挡不住将来的失败。
我很好,如你所说,我是机关枪,
我永远发射着,为了党也为了你的爱……"

看,真是一架粗心大意的"机关枪",
他连问也不问我孕期的健康,
也难怪呀,他负着多重的担子,
怎么好意思把自己的妻子怀想!

不,应当问问他:难道就把我忘记?
然而,我的真挚的人在哪里呢?
现在,赶紧再看看第二封信吧,
冰凉的泪水又轻轻地落下几滴。

"……一场小小的战斗刚刚打过,
我们从敌人包围圈的缺口逃脱。
刚建立起来的巩固区又被摧毁,
武工队里的区干部牺牲了两个。

"敌人已经死盯住我们这一块了,

看来,要搞成根据地还得几个回合,
他妈的,这帮蠢猪太讨厌了,
临到挨刀的时候还得拱个墙豁……

"……你好吗?孩子该生下来啦?
可别忘记,要教他学会叫爸爸!……
(这人多么呆,多么有趣呵,
那时孩子还没有生,怎么会说话!)

"不要惯孩子,不要叫他哭,
从小就把他培养成钢铸铁打!
(这个人最讨厌别人的哭泣,
哎,我也不哭啦,快用袖头擦擦。)

"……我知道,你现在并不轻闲,
当母亲,比当县委书记还要难!
当爸爸到底是什么味道呢?
可惜我实际上还没有这种体验。

"当我意识到我已经有了孩子时,
一下子就觉得自己长大了几年,
你可不要看轻母亲的责任哪,
我们打天下,就为让他们坐江山……

"……我提议你一面带着孩子,

一面继续去发动你们妇女。
有些女干部不愿做妇女工作,
我认为,这是一种古怪的脾气!

"你知道,我是妇女的'善良的敌人',
像怕火灾一样地怕她们哭泣。
我真想动员所有的医生,
把她们的泪腺统通封闭。

"可是,我对她们决不排斥,
(也许还有一丁点儿轻视,)
这一次斗争却教育了我,
艰苦环境下,她们蕴藏着极大的潜力……

"……亲爱的,请你不要生气!
我这荒唐的议论只能够发给你。
(这个人有多么傻,多么天真,
哪有什么气呀,有的只是情谊!)

"糟糕,你的信一封也收不到,
当然,对你的情况我有正确的估计。
好啦,这封信写了一个钟头,
为了开展工作,我多么需要沉思!……"

其实,他哪有什么正确的估计!

他写这封信时,孩子还没有出世。
只要能正确估计敌情就好了,
哪怕他还不大懂得女人的事。

他这一番话吸干了我的眼泪,
好像是暴烈的日光蒸发了雨水,
是的,做这样的战士的妻子,
就应当跟他一样勇敢和无畏。

这样的人我怎能失掉?
他的生命比我自己的还重要。
让我平静地看看第三封信吧,
也许能够发现他生死的征兆。

"……这是紧张而恐怖的夜晚,
敌人占领了我们出没的高山。
我们打个转身钻了出来,
乘虚而入,逼近他们的据点。

"可惜,我们的力量太小了,
还得提防他们后方部队的捣乱。
但我忽然来了一种兴致,
想要跟你遥遥地谈上一谈。

"……题目叫做'战斗的人生',

——你不要笑,我的态度很郑重。
古人喜欢说'生年不满百',
我确信人的寿命是无尽无穷。

"多少个战士的心脏停息了,
我们队伍的河流却越来越汹涌。
人类的财富和智慧积累起来,
不仅要征服地球,还有无限的天空。

"我认为,人的职业就是战斗,
以进攻的姿态冲开路途上的关口,
活着的时候是生气勃勃,
就是死了,信念也会永垂不朽。

"我懂得,战略进攻是胜利的保证,
败仗常常根源于战略上的保守,
在战斗中,懦怯往往招来伤亡,
勇敢则能使你在危难中遇救……

"你瞧我跟你谈了这么多哲理,
你也许奇怪我怎样有这般的心绪,
亲爱的,这里实在没有什么不同,
只不过比你多听几声枪弹的唏嘘!

"这算什么!用不着惦念我,

英勇战斗就是缩短我们之间的距离。
有机会就托人捎来封信吧,
但用字要小心,别忘记这是游击区……"

呵,这难道就是死去的人的笔迹?
不,不,这样的战士怎么会死!
他一定活着,生龙活虎般地活着,
除非他老得丧失了清醒的意志。

他活着,这才是生活的规律,
一切可怕的猜测都是荒诞无稽,
如果我再有一秒钟的怀疑,
那不止是无知,而且很可耻。

亲爱的,你的嘱托我都记下,
我一定忠诚地实践你的话,
如你所说,为了党也为了你的爱,
我要等着你胜利回到这个温暖的家。

我决定不去前方亲自把你寻找,
难道那里的组织还会将你忘掉!
这里有你热烈关怀的孩子,
也有战争和革命的需要。

我明天就到政治部去谈工作,

还像平常那样轻松而且欢乐。
呵,天已染上黄昏的色调了,
旋转着的雪花还在静静地飘落……

三、等　待

过了两天,当这场大雪停止降落,
我就接受了一桩新的工作。
组织上为了照顾幼小的婴孩,
把我调进了出油印小报的报社。

我以一种异乎寻常的狂热,
迎接这不熟悉的有趣的生活。
修改稿件、刻钢版、印刷,
我既不感到忙碌,也不觉得烦琐。

这时的解放区正处于危险中,
我们的城市一个个被匪军占领。
当这些消息从耳机上传来,
我的心像被刀割一般疼痛。

我并没有因此联想到我的亲人,
但这些土地跟我血肉不可分;
暂时的失败也没有使我绝望,
但我越来越懂得受难者的心。

假如,哪个女人失去了丈夫,
假如,哪个孩子失去了父母,
我会说:"不要难过,勇敢地活下去吧!"
但他们的创伤怎么会轻易平复?

我们应当全心全意地工作,
此外再也没有别的道路,
最刻板的工作都是有趣的,
严重的疲劳正是最大的幸福。

这时"新华社"发来的动人的社论,
每一次都先使这小编辑部振奋。
社论中的太阳般火热的语言,
总是暖烘烘地照耀着人们的身心。

我们手制的这张不漂亮的报纸,
寄托着万千人民的深情厚谊,
通讯站有时传递晚了一天,
热心的读者就感到难耐的焦急。

当我们犯了一点技术性的错误,
常有几十封鸡毛信飞传到编辑部。
而严厉的批评也并不使我们沮丧,
我们感受到人民的关怀和督促。

在这样的环境下,我应当满足,
紧张地工作着,一分钟也不虚度,
晚上,回到家就给房东念报纸,
照抚着孩子,尽着母亲的义务……

……呵,我们延安撤退的消息,
却一下子打乱了我生活的秩序,
有整整的两个夜里不能睡眠,
整整两个白天不思饮食。

我不间断地思索又思索,
战争的形势火烈地煎熬着我,
我并没有失去胜利的信心,
但我们已面临着更严峻的时刻。

在第三个又愤激、又乏困的晚上,
我老早地回到我的住室里,
没有跟陪伴我的姑娘说一句话,
和衣躺在孩子身旁就昏昏睡去。

于是,在延安的一个山沟口外,
忽然看见他从对面向我走来。
我飞鸟似的朝着他扑过去,
他并不显得快乐,反而有些骇怪。

他把我拉到通往延河的小路，
在草丛中，我们面对面地站住，
他伏在我的耳边低声说：
"你为什么还不走哇！真糊涂！"

我一下子悟到延安已经失陷，
而我到这里究竟有什么事要办？
呵，是他在这里做地下工作，
我偷偷跑来把他看上一看。

他更生气了，瞪大眼睛把我申斥：
"你干吗误了工作，丢了孩子，
难道只为跟我见上这一面？
延安很快会光复，你何必性急！"

我气得哭了，心中充满了委屈，
我心想：这里的斗争也要有人坚持，
而且你为什么不替我想一想：
我过了多少怅惘的期待的日子？

他又说话了，态度好像特别严厉：
"你快回去，而且把我忘记！
不要老是这样哭呀哭的，
延安不光复，我反正不见你！"

说完,他转过身扬长走去……
而我还在哭,几乎喘不过来气。
当姑娘摇着我的头把我叫醒,
泪水已经把作枕头的衣包濡湿。

醒来时是一个令人战栗的瞬间,
我的肺腑都好像打着寒颤。
绵延几个月的平静被粉碎了,
短短的一夜集中了几个月的悲酸。

我也责备自己:你为什么这样脆弱?
一个城镇的得失并不那么重要。
只要我们有生力量还在发展,
整个中国都会冰化雪消。

但是,胜利的日子好像还很远,
我已经耐不住这悠长的时间,
我的人哪,战争一天不结束,
一天也回不到我的身边。

俗话说得好——"夜长梦多",
这悠长的岁月他又怎样度过?
太阳天天升起,天天下降,
这之间谁知他会碰上什么差错!

他在做地下工作吗?谁知道!
也许他还被关在敌人的囚牢,
那非人的残忍的刑罚,
怎会不把他的健康消耗?

这一切当然也还是难以预料,
而我的信念怎样也不该动摇,
可是,为了索取最低限度的安慰,
我实在是从所未有地焦躁。

这以后的几天是最危险的时刻,
我几乎在绝望的深渊中沉没。
我的人啊,你究竟在哪儿?
难道你的存在像梦一样不可捉摸!

然而这时,我们报社的党组织,
我们所有的年青的编辑同志,
他们都比我镇定和沉着,
在不疲倦地追寻着更多的消息。

呵,党中央并没有离开陕北地区,
毛主席在坚强地掌握着战局,
是的,这就是一支最伟大的力量,
确定地会把失败转为最后的胜利。

想着这个神圣的艰巨的战争,
我的神志终于恢复了清醒,
为了亿万人的解放事业,
个人的悲欢又何足轻重!

呵,即使是个人的遭遇,
又怎能不跟整个战争相联系?
我的人哪,只有胜利的时候,
我才能发现你的踪迹。

是的,我能够把他暂时地忘记,
怀想、担惊,又有什么真实的意义!
那千千万万的战斗着的人民,
谁没有自己的独特的心事?

这是战争呵,不会没有死别和生离,
而我所见到的面孔却都那么坚毅。
不是他们失去了苦痛的感觉,
是他们懂得:一切幸福取决于胜利。

如同雷雨过后露出万里晴空,
我的心又重新呈现一片平静,
我仿佛一下子长大了几岁,
连平常的举止都好像比从前持重。

度过这又一次的内心的风波，
我又重新思考了许多许多。
为了争取那个欢欣的日子，
我该怎样不疲倦地工作！

一个月、两个月、三个月过去了，
战争的形势一天比一天好，
我们的这张小小的报纸上，
每天都有一个令人雀跃的头条。

胜利照亮了每一张疲倦的脸，
但对于我又是一种重大的考验，
每当我贪婪地看着抄好的消息，
他的影子就在那上边出现。

战争中的每一个大小胜利，
缩短了我和他之间的距离，
我的欢乐的感情难以形容，
而焦躁的心绪也不可抑制。

我总是用最大的理智，
控制住这种不平静的心绪，
无论在报社里还是在家中，
从不愿单独地度过一小时。

偏偏闯进来一种奇异的时刻,
细雨和鸦声送来阵阵的寂寞。
这时,我往往不敢向天边寻觅,
那里仿佛跟我的心一样的空漠。

谁知道在哪一片云彩的底下,
漫走着一个遥望天边的他?
如果他在那里向我招手致意,
我又怎样给他以回答?

喧闹的白天短暂而又充实,
夜晚就显得太长而又无限空虚,
但我一点也不怕那戏剧似的梦,
只是醒来的瞬间才使我畏惧。

当我走在村外的车路上,
我总希望跟他突然相逢,
离远看,很多行人的神态都相似,
走近来,个个都变得这样陌生。

当解放军走过我的面前,
我总要把每一张面孔看遍,
而每一张面孔都跟他相像,
却没有一张是他实在的容颜。

当有些男同志调往前方,
我总想请他们给我带封信;
但我鼓起勇气张开了口,
又说不出哪里有我的收信人。

回来吧,亲爱的,亲爱的,
我在用我的全心等待着你,
等待着那么一个早晨或晚上,
你突然亲昵地呼唤起我的名字……

四、凝　结

又是两个月、三个月过去了,
萧瑟的秋天已经悄悄来到。
这时,人民解放军转入大反攻,
农村卷起了土地改革的风暴。

这是一个急风骤雨的时代,
中国有如一座巨大的舞台,
反动的统治者纷纷消退,
伟大的人民昂然站起来。

每一颗生命都发出了光彩,
每一次呼吸都格外感到痛快。

人们呵,我跟你们并没有什么不同,
只是还在焦心地把他等待。

等待,这是一种慢性的刑罚,
它是酸楚的,而且也很辛辣;
但它又是有吸引力的烈酒,
它使人沉醉,又使人痴傻。

在一个跟每个早晨一样的早晨,
我正为吸引我的事情所吸引,
忽然,有个俊俏的少年通讯员,
莽莽撞撞地推开我的屋门。

"嘿,于植同志,主任叫你,
他马上就出发到哈尔滨看病去。"
好,让我梳梳头、洗洗脸吧,
几分钟后,我已经在路上驰驱。

当我到达那个村子的时候,
主任已经被搀扶着走到门口,
呵,我有几个月没有见他了,
他那苍白的脸庞变得更消瘦。

但他的眼光还是那么烁烁有神,
锐利地回答着送行者的问讯,

对于手边没有完成的工作,
他一再嘱托代替他的人。

当他从人群中发现了我,
他的脸上浮起孩子般的欢乐:
"怎么样?你和孩子都好吗?
叫你来,是要分配给你新的工作。

"想叫你去搞土地改革,
你还应当同群众进一步结合,
至于你的爱人嘛,别着急,
全国解放了,还愁找不到下落!"

说着,他吃力地登上了汽车,
喉咙中又来了一阵急促的干咳,
他带笑地向我们挥挥手,
神情是那样振奋又洒脱。

我抢着说:"我早就想下去。
那么,你什么时候回来呢?"
他回答:"快,顶多三个月,
其实,我这老病本来用不着治。"

跟着,汽车的马达就突突开动,
车尾的浓烟遮住了他的身影,

车子远去了，人们还在凝望，
我的心像装满了铁砂般沉重。

我把他看作我最慈爱的父亲，
他的存在就是我坚强的信心，
现在，他远远地离开我了，
我的生活的河流又有了波纹。

可是，我也不能不为他庆幸，
他的老病看来已不算轻，
到哈尔滨当然可以很快治好，
他一定还有一段灿烂的生命。

我正在伫立着，陷入沉思中，
身后，忽然响起低低的啜泣声，
我回过头来顺着声音望去，
原来是上次认识的那位医生。

好奇怪，是什么样的祸事，
使这位堂堂男子汉如此动情？
同志间在战争中的分别，
又哪里用得着这样悲痛？

我惊异地走到他的身旁，
一种羞愧的表情浮现在他脸上，

可是,他依然痛苦地说不出话,
默默地向主任的去处凝望。

我严厉地、连声地追问他:
"你这是怎么啦?这是怎么啦?"
他连看也不看我,只顾摇头,
哎,这个人大概生来就不爱说话。

有人说哑巴遇事可以憋死,
会说话的哑巴却叫别人着急,
有几次他看着我似乎要说话,
但话到口边又咽了回去。

过了半晌,他的神色显得更庄严,
仿佛有了什么伟大的发现,
但当他叫了一声"于植同志",
那大眼睛又露出了几分腼腆:

"我这个知识分子,还不是共产党员,
我的心比你们妇女的还要软,
我虽然在战场看过千万人的死,
可从来也没有碰见过这样的场面。

"医生的天职是治病救人,
医生应当具有最广泛的同情心,

但是,挽救自己的同志的生命,
这是最伟大的人道主义精神。

"你们不知道,主任已活不了几天,
他左右两边的肺都快要烂完,
可是,他从来也不考虑他的病,
繁重的工作快把他的生命压干。

"现在这一去他不会再回来,
作为一个医生我感到极大悲哀,
而这样的人怎么能死呢,
他应当兴致勃勃地活个千秋万代。"

医生说完,就扭过头迅速离去,
大概他的忧愤已经发泄完毕。
只剩下我这孤单单的一个人,
在秋风吹拂下承继他的哭泣。

过一会,我也学了他的样,
飞快地奔行在回来的路上,
第二天,我就抱起我的孩子,
走向农村的土地革命的战场。

我决心抱着主任式的英勇,
投身于农村的革命风浪之中。

于是,我好像一只海上的水鸟,
连每根毛发都挂满战斗的旋风。

古老而又年青的北方中国,
正跟地球一起隆隆旋转着,
从这里发出的反抗的吼声,
使天空的星星都感到惊愕。

农民以顽强而迟缓的动作,
粉碎了缚在他们身上的绳索,
地主阶级的积久的威风,
像秋天的黄叶一样纷纷跌落。

人民群众的海洋的大波,
一下子就把我自己吞没,
我不过是一个小小的水滴,
跟海洋在一起才能把光芒发射。

这个冬天,跟去年一样严峻,
野悍的风雪吹打着每家的窗门,
贫农们穿着缀满补丁的小袄,
哭诉着积压了世代的愤恨。

我不仅以言语,而且以眼泪,
参加了充满悲壮气氛的大会。

当台下举起了铁锤般的拳头,
我的心仿佛也化作愤怒的铁锤。

在这许多不平凡的晚上,
我总要跟农民们谈论家常,
呵,那些看来很烦琐的事,
不正说明生活的丰富和兴旺!

春天,柳树抽出了淡绿的嫩枝,
塞外的黄风夹带着雨点般的沙石,
山沟的田野里红旗飘卷着,
成群的农民们丈量着土地。

在这妇女群中也有一个我,
我总是跟她们一起焦急和欢乐。
当分地标记钉在谁家地头的时候,
我的动荡的心也好像安定了许多。

姐姐妹妹之间也有争吵,
为了一件小事曾不休地喧闹,
在我细心为她们调解纠纷时,
我懂得,生活很复杂也很美好。

初夏时分,人群和大地一起翻腾,
解放大军开来了,如同江河解冻,

妇女们穿上了地主的花衣裳，
把自己的亲人们欢迎又欢送。

我可没有花花绿绿的衣着，
但我的心却跟她们一样闪着彩色。
我总是和她们肩并肩站在一起，
看着亲人们从我们身旁走过。

妇女的艳装实在容易把人招惹，
无数只眼睛向我们身上投射，
战争的胜利终于接近了，
我们自己，也曾尽了自己的职责。

秋天到了，前线传来大胜利的消息，
田地里收获了庄稼的果实，
虽然，我们还没有过完饥苦的年代，
但每个人的心头都尝到了甜蜜。

我曾跟妇女们去收割庄稼，
那生活的激情总使我奋发，
她们谁也懂得未来的艰辛，
而幸福的前程却越来越远大。

那些农民们都很善于诙谐，
跟妇女说起笑话来滔滔不绝，

他们总是故意贬低我们,
但两方面欢乐的心情谁也理解。

呵,这几百个白天和黑夜,
我真的和这个伟大的集体相凝结,
现在,我才粗粗地懂得了:
生活中确有一种忘我的境界。

这些珍贵的黄金的日子,
永远永远刻在我的记忆里,
在未来的革命家的生涯中,
我也将永远永远跟人民在一起。

读者呵,你们一定会要怀疑:
难道我真把我的爱人忘记?
是的,我一次也没有为他哭过,
而且从来没有诉说过我的心事。

然而,我的描述必须绝对真实,
你们懂得,自己的亲人又怎能忘记!
我只能告诉你们一条秘诀:
坚强的战斗者不能感情用事。

五、烦　扰

在幸运的时代里又遇到了不幸，
不到两岁的孩子忽然得了重病，
晚上，当我从村公所开会回来，
他正痛苦地翻滚着，已人事不省。

这意外的袭击使我惊惶莫名，
我跑到五里地外去请那位医生。
医生默默地看看我，提上药箱，
一阵跑步，来到我们的家中。

可怜的孩子似乎已奄奄一息，
张着小嘴，困难而急促地呼吸，
医生详细地检查过胸背和全身，
然后呆呆地坐着陷入沉思。

呵，医生，你这举动又使我惊奇，
孩子的病状显然已很危急，
这不是作科学试验的时候，
一分钟的时间常常可以决定生死。

你曾热烈地关怀主任的健康，
这是对的，我的心情跟你一样，

可是这个失踪了的战士的孩子,
难道对于你就是无关痛痒?

我问医生:"孩子的病有没有危险?"
他依然呆坐着,好像没有听见,
半晌,他才从药箱中取出注射器,
走到孩子身旁回答说:"治治看。"

我用焦灼的口气向他央告:
"医生同志,你千万细心给他治疗,
我们这个家庭已经十分不幸。"
他却心不在焉地说:"我知道!"

医生的这种近乎冷淡的神气,
为母亲的心增添了新的忧虑,
我心想:这大约是个软弱无能的人,
医生的职业对他恐怕未必合适。

他却已经熟练地把针插进皮肉,
挤出药汁,又熟练地轻轻撤走,
打完针他又从药箱中取出药末,
而他又包办地灌进孩子的口。

然后,他又坐在炕沿边一声不响,
无论你怎样问他,他也不大搭腔。

然后，又周而复始地打针、灌药，
然后，又周而复始地呆坐在炕沿上。

这样经过了三四次的重复，
孩子的面色并不显得宽舒，
我在暗暗地埋怨医生，
一定是他的冷淡把病耽误。

可是，他又似乎并不冷淡，
他给孩子的治疗也很频繁，
当我第一次见到他的时候，
他在主任面前也有相同的表现。

不同的是他那时好像很忧伤，
连那双大眼睛都显得暗淡无光，
而今天他却格外地平静，
他的动作总是那样不慌不忙。

又经过三四次同样的治疗，
孩子的病忽然开始见好，
那痛苦的喘息稍稍安定下来，
医生的脸上也现出一丝微笑。

这时，院外开始露出蒙蒙的晨雾，
白色的黎明扩展在东方的天幕，

当太阳的红光照亮窗纸时,
医生提着药箱悄悄走出了屋。

呵,这时我真想把他叫住,
孩子的病还没有平复,
但我的话实在说不出口,
他那奇异的表现已使我敬服。

当太阳溶解了早晨的烟雾,
他又拿着药箱和书走进了屋,
于是又一次地打针、灌药,
然后呆呆地坐在炕沿上看书。

白天又经过这样八九次的反复,
孩子退烧了,已不感过分痛苦,
而医生却既少饮食又没有睡眠,
黄昏时,他靠在墙上一下子睡熟。

醒来时,他亲自去向房东借宿,
又向我提议轮流把孩子照护,
我答应着,说了很多感激的话,
而他呢,简直什么也不吐露。

又经过一夜的护理和治疗,
早晨,孩子的脸上现出了欢笑。

这时,医生却多少带着紧张的神色,
轻声地向我提出严肃的警告:

"可要小心护理,孩子的病是肺炎,
如果护理不好,还可能重犯。
有什么新的情况就来叫我吧,
我对于这个孩子的责任还没尽完。"

他走了,我望着他那宽大的背影,
有一种说不出的歉疚的感情,
我曾经错误地把他当成冷淡的人,
其实,他是一条烈火般的生命。

呵,对于他,我是多么感激,
对于他,我怀着最深的敬意,
可是,我实在不敢跟他多说话,
他的性格至今还使我诧异。

此后,他每天都来看望一次,
每一次他都因孩子的见好而欣喜。
他却依然是那样默默无言,
这个人呵,你永远也不会跟他熟识。

这时,随着前线部队的胜利反攻,
我们后方机关也前进到一座小城。

当天晚上,我又在门口见到他,
他原来跟我们住在同一条胡同。

第二天,他又来检查孩子的身体,
我无意中透露出我的一点心事。
老实说,当我为胜利狂欢的时候,
同时也有一种难以克制的忧虑。

城市收复了,我的人总不来信息,
如果总不来信息,那才令人恐惧。
当医生默默地体察到我这种心绪,
他终于说话了,现出严肃的神气:

"要执着地信任自己的希望,
要执着地信任我们的人的力量,
不要轻易相信没有证实的消息,
不要轻易相信一个人的死亡。

"这是主任给我留下的启示,
在任何困难情况下他也不着急,
嗯,你知道吗?他最近来了信,
说病已略微见好,很想回来呢!

"我一直寄与你的孩子以同情,
在主任那里的那天我也很激动,

我不承认我是温情主义者,
你们的遭遇却使我万分悲痛。

"当你的孩子患了那样的重病,
我的心比为谁看病时都更沉重,
但由于我的热烈的希望和信心,
才有效地挽救了他的生命。"

呵,这是多么好、多么深沉的人,
我真想把我的全部经历跟他说尽。
可是他忽然掏出怀表看一看,
也不告别,就匆匆地走出了大门。

第二天,当他再来的时候,
还是照旧地看孩子而又不开口。
但他那双明亮的大眼睛,
却隐隐地闪出轻微的忧愁。

他这种神情也曾使我烦忧,
我可不敢问他有什么原由,
我以很大的热情接待了他,
而他也不作一分钟的多余的停留。

这些日子,真是最重要的时刻,
前方的捷音像雪一样地飘落,

而关于我的亲人的消息，
却像清风一般寻不见线索。

这个我所崇敬的医生同志，
在我最需要支持的时候给我以支持，
纵然他的话是那样的吝啬，
但他的存在就是一种助力。

可是，他居然接连四天不再来，
天天都空让我焦心地把他等待。
这个晚上我不能不去询问了，
原来前天夜间他就从这里离开。

听见这个没有预料到的消息，
我简直遭到了尖锐的一击，
从他原来的寓所缓缓走回来，
热辣辣的眼泪忽然掉下几滴。

当时，我自己也感到几分惊奇，
这个可敬的人不过是普通的同志，
对他自然有着说不尽的感谢，
若动起感情来可有些多余。

然而，我的激动的心还不能平息，
我的面前不断地闪动着他的影子，

呵,这到底是怎么一回事呢?
难道对他的感情已不限于友谊?

想到这,我禁不住告诫我自己:
一刹那的摇摆也不能允许!
我自己的人哪,战争都快胜利了,
你为什么还一点也没有信息!

当然,我的信念并没有丧失,
我的心谁也不能夺去,
当我意识到这个隐隐的念头,
它也同时就像烟一样飞逝。

然而,生活是何等的严厉,
孩子的病又给了重重的打击,
一个人即使经过千锤百炼,
也不能放松一分钟的警惕。

忽然,有人轻轻地推开我的门,
进来一只手,递给我一封信。
呵,这正是医生的字迹,
不打开看看又怎能对得起人!

信上写着:"亲爱的同志,你好!
我已经带着医疗队来到了前线。

从此,我永远斩断我的可耻的思想,
抹去我最后见面时的无声的语言。

"愿你安心等待着,爱着孩子,
信守着你的最珍贵的信念,
如果我能在这儿帮助你,
那对我是巨大的幸福和喜欢……"

我把这张信纸叠起来撕了又撕,
小片的纸从我手上飘然落地,
我的远方的不知去处的人呵,
请相信你的忠贞的妻子!

六、欢　欣

生活给我以最确切的启示:
困难和波折从来都是暂时的,
当你以战士的英勇面对一切,
什么痛苦和烦忧都会过去。

一个隐秘的角落被揭开,
总有一股尘土飘浮起来。
我呀,又经历了一次折磨,
而希望的花朵并没有衰败。

医生,你是我的最好的同志和朋友,
对于你,我永远怀着尊敬和歉疚,
即使你是热心地爱着我吧,
但,爱的人为什么一定要占有!

朋友,你的错误是你的这封信件,
世界上有许多事本来就不该说穿。
你这个虽说是光明磊落的行为,
却实在妨碍我们坦率地相见。

可是,这封信到底起了良好的作用,
它使我们从根上斩断了爱的缰绳。
我跟这个医生可不一样呵,
那个遥远的战士早就占有了我的爱情。

我不会依靠不正当的慰藉,
来填补生活中的某种空虚,
我要永远凝结在斗争的烈火中,
生活才会感到美满和充实。

一个刮着寒风的夜,很安静,
我把这片片的思想带入睡梦中。
这里没有辛酸、没有痛楚,
只有一种飘忽的迷惘的激动。

嘭、嘭、嘭,好大的响声!
我当是解放军的榴弹炮在轰鸣。
隔壁房东的"谁呀?"的问话,
才把我从半睡眠状态中惊醒。

从门外的熟悉的答话声,
我辨出这位不速之客就是医生。
呵,他为什么又来了呢?
莫不是他故意扰乱我的宁静!

不,他不是那种口是心非的人,
他从来是那么矜持而又自尊,
当然,即使他怀着那样的感情,
在这风寒的夜里也得给他开门。

从窗户缝里,我看见了他的身影,
他迈着轻快的步子往里移动,
我忙乱地穿好了那件皮大衣,
他已经站在窗前呼唤我的姓名:

"……于植同志,快起来吧!
你最想念的人已经回到部队啦!"
什么?我简直听不清楚,
真担心医生把话儿说差。

"你的爱人回到部队啦!"
他又重复地说了这句话。
呵呵,这再不会是假的了,
突来的幸福弄得我心乱如麻。

我屏住气,把客人让进屋,
发现他皮帽边挂满了小冰柱。
现在虽是初冬的天气,
而塞外的严寒已到零下十度。

可是,我实在来不及招呼客人,
"他现在到了哪里?"我急切地问。
客人快意地笑着:"烧点水喝,
把我这冻哑了的嗓子润一润。"

我呼噜噜地拉起灶旁的风箱,
他坐在我身旁的一堆柴禾上:
"一切危险都已经过去了,
他的问题都安排得妥妥当当。

"他现在离这儿六十五里地,
住在我们的后方医院里。
我昨天晚上才把他运到,
又赶紧连夜给你送这个消息。"

呵，医生，我更深一层地敬爱你，
真诚地接受你的情谊。
但是，我的人又有什么危险吗？
说吧，无论什么风浪我都经得起。

"请你允许我从头讲起，
这是从他的朋友那里听来的。
因为这样不只会给你更多喜悦，
而且对我也是一个生动的教育。

"两年以前，在一次战斗里，
在撤退中，枪弹打中了他的右臂，
昏迷使他失去了抗击的可能，
一群冲上来的匪军把他俘去。

"开始，他们怀疑他是指挥员，
他受到了你可以想象的灾难，
毒打、灌辣椒水、烙铁烙……
总之，他经历了最残酷的考验。

"这一切当然都没有发生作用，
他咬紧了牙不吐半点真情。
可是，当敌人的逼供过去以后，
他那臂上的伤口又化了脓。"

呵，我的胳膊也感到疼痛，
我的骨肉跟他的早就息息相通。
"那么现在呢？他在哪儿？"
我急切地颤声地追问医生。

医生的习惯真叫人着急，
他依然不慌不忙地从头说起。
他说："我刚才已经交代了，
他现在根本不会有什么问题。

"按照一个普通医生的观点，
他的伤势简直不可能好转，
你看，细菌已经繁殖在伤口上，
它们怎会自动地让出这块地盘！

"人的生命力有时非常神奇，
它竟能代替磺胺把细菌杀死。
当敌人把他编进俘虏营的时候，
他已经重新成为一个壮士。

"幸亏他有这样精壮的身体，
敌人终于把他送到煤矿充当苦力，
当然，这又是最残忍的刑罚，
最坏的劳动条件，最低的待遇。

"在那最恶劣的艰难的条件下,
一颗革命种子还要生根开花,
敌人的严厉的监视和管制,
既不能使他就范,也没有使他惧怕。

"你们共产党员只怕没有群众,
有群众就有伟大的前程。
在那些俘虏和矿工的群众里,
他又施展出共产党员的才能。

"就在他当苦力的第二个月份里,
他亲手组成了第一个秘密组织。
在第四个月,这个组织又扩大了,
并且很快得到了地下党的默契。

"因为党还没有弄清他的来历,
所以不能马上跟他接上关系。
他却灵敏地体会了党的意图,
在行动上配合得非常之紧密。

"总而言之,他们工作得很顺利,
当解放大军围住这个矿区,
他们不仅能够送出最确实的情报,
而且已经组成了队伍、掌握了武器。

"战斗的行动开始了,
矿里矿外响应了一致的信号,
当解放军冲破铁蒺藜的时候,
他们从后面摧毁了敌人的碉堡。"

是的,这一切合乎他的性格,
我自己的人,我不会看错。
医生,你现在更该了解到:
我的信念为什么不会沉落?

"矿区解放了,很快恢复了秩序,
他要求党解决他的组织问题。
组织上同意了他的请求,
他骑上一匹快马,奔向我们的驻地。

"也许是他的心过于激动,
在半路上又碰到了新的不幸。
呵,这件事我真不想告诉你,
因为这会打乱你的幸福的感情。"

"怎么?又出了什么事?"
我问着,我的心快冲破了大衣。
哎,这个粗心大意的人哪,
你为什么总学不会珍重自己?

"他从奔跑着的马上跌下来了,
严重地震荡了他的大脑,
有十几小时处于昏迷状态,
而当时又无法进行有效的治疗。

"当他到了我们的医疗所,
那病状简直使我格外难过。
同志,这不是普通的伤员,
如果他不好,会给我双重的折磨。

"经过我们的紧急的治疗,
他的病情终于一天天见好,
只是前方那渐远的炮声,
还会使他的神经受到惊扰。

"是我提议把他送到后方医院,
也就是送到他的爱人的身边,
我又请求组织允许我亲自送来,
对于他,我应当把一切责任承担。

"不过,于植同志,我要声明,
我关心他,并非完全出于个人感情,
你们这些党员同志的光辉,
将照亮我这个平凡的人的一生。

"一个伟大的人说过:爱能战胜死,
是的,我永远信服这个真理。
我祝福你们,我的朋友,
我的心也永远跟你们在一起。

"现在,他已度过了危险期,
但是,他仍然需要你的扶持。
快把东西收拾收拾吧,
马上就走,带上可爱的孩子。"

医生的话刚刚说完,
我的心神又变得格外慌乱,
这事情来得未免太快了吧,
虽然我已经焦灼地等待了两年。

对于病人的新的灾难,
我仿佛一点也不感到危险。
他就是死了,都会活过来,
因为有党和我和孩子在他身边。

七、赞　歌

读者呵,事实正如你们所预料,
我的遭遇跟应当遭遇的一样美好。
当我和孩子坐到他病房的炕上,

他张开胳膊把我们紧紧地拥抱。

我要郑重地说明:我没有哭,
过分的兴奋使我多少有些恍惚,
当我从门口看见那张熟悉的脸,
我的眼前浮现了千万颗珍珠。

他还不能坐起来也不能多说话,
他的眼睛却给我以最热情的回答。
我叫孩子大声呼唤他的爸爸,
爸爸害羞地吻吻孩子的嘴巴。

我坐在他的旁边不住地望着他,
呵,头上已经显出几根白发,
这个年青的英俊的勇士,
离开了亲人真显得老啦!

纵然胸中蕴蓄的话是那么多,
可是我从哪里开头向他诉说?
一切悲苦都被他的眼光扫尽,
而幸福的感情又往往使人沉默。

和他共同生活的这个白天,
我们的眼光一直紧紧牵连,
爱人之间,眼睛最会说话,

我们几乎用不着借助语言。

我又被批准留在医院把他扶持,
除了夜间,我们一会也不分离,
我只要一出门他就急着呼唤我,
可是我走回来他又笑说没有事。

每天早晨都是我跟他第一个相见,
每次都是我亲自给他端水送饭,
每个晚上都是我跟他分开得最迟,
每次分开我都把他的可爱的脸吻遍。

快乐的时刻一天天过去,
他的伤势也一天天见愈,
他的话一天天地多起来,
我们的爱情也一天天更甜蜜。

到第十天的清早,雪过天晴,
银色的晨光钻进了窗户缝,
他向医生央告说:"天多好啊,
让我到野外散散步、宽宽心情!"

我们的朋友大概不好意思阻挡,
他只说"太早了,风太厉害天太凉!"
我故意打趣地跟医生说:

"你还不知道吗?他很坚强。"

医生笑着看了看,勉强地点点头,
我们像新婚夫妇似的有些害羞。
他却马上扶着我走出了房门,
沿着街道缓缓地朝着田野走。

呵,多么鲜明的光亮的田野,
田野上铺着一层软软的白雪,
微风都仿佛染上了雪的颜色,
阳光也像被雪洗涤得更清洁。

平地上站立着一棵棵高高的杨树,
四伸的枝干都穿上了白雪的衣服,
你可以把它们比作白衣战士,
但它们的神态比护士还要英武。

在那两行高大的杨树中间,
断续地有载着军火的汽车奔驰,
它们好像大海上穿行的轮船,
为平和的雪地带来了刚健的气息。

运载粮食的驴子的队伍,
也在公路边上匆忙地赶路,
扬着鞭子的赶牲口的人,

以那精力旺盛的喉音大声吆呼。

公路外有着一条条的长纹,
那里踩满行人的千万只脚印,
这些光华的银色的道路,
远远地通向乡村也通向城镇。

乡村和城镇都冒出炊烟朵朵,
高飞起来,几乎与天空一个颜色,
但当它刚从房顶上冒出来,
却像一根根白柱支撑着天的斜坡。

远山在天边画了个轮廓,
它好像故意从人们的视线中闪躲,
可是这浑然一体的天地之间,
只有它的边沿把二者间隔。

这真是一个美好的辉煌的世界,
一切的景物都缀合得如此和谐,
太阳仿佛既不吝啬也不豪华,
它恰如其分地把迷人的温暖宣泄。

我的这位伤员贪婪地四望着,
默默地享受着这难得的快乐。
可是,连我也不能准确地猜出:

他今天到底想着一些什么。

我的话被热情推拥着说了出来:
"今天的白雪格外叫人喜爱,
也可以说是我们的生活的象征吧,
因为我们的感情跟雪一样洁白。

"……这个医生真是好同志,
我们一向得到他极大的支持,
他呀,实在没有什么私心,
怀抱着的是革命的人道主义……"

我为什么要把医生提起,
连我自己也感到几分惊奇。
他却只笑一笑,思索着并不作声,
眼睛眯缝着,继续望着无边的雪地。

这时,红色的太阳从东山上爬上来,
它的神情中表露了巨大的惊骇:
这个从梦中苏醒了的大地,
为什么这样耀眼地洁白?

从乡村伸出成串的长长的影子,
把静静的雪地装饰得更加美丽,
喂!你们为什么出来这样早呵?

是吃过了早饭进城来赶集。

远处的村庄跳出了一个红点,
在晨光照耀下好像是一支火焰,
谁给雪地涂抹这样的色彩?
是骑驴的妇女身上的衣衫。

早安,提着筐的少女和挑担的大汉,
你们是不是也跟我们一样来尝新鲜?
我在乡村过了数不尽的早晨,
却没有一天像这样使人感到美满。

我的人哪,你难道跟我有什么不同?
你这些年来的负荷比我沉重,
这一次陪着妻子的散步,
对你,也许是丰富而复杂的旅程。

你为什么这样不声不响呢?
难道又想起你那悲壮的遭遇?
罪恶的敌人离你有多么远,
在你身旁的是你温柔的妻子!

我忽地想起他是不是有点疲劳,
他的创伤还没有完全养好。
我问他:"累了吗?回去吧!"

他佯怒地坚决把头摇了摇。

他径直向前走着,连头也不回,
这清新的早晨真使他迷醉,
任你雪地在我们脚下吱吱作响,
任你小风在我们衣襟上吹。

他突然说:"不仅要像雪那样洁白,
而且要像雪那样丰富又多彩!"
他从雪地上抓了一把雪,
轻轻地把我的头扭过来。

"你看呀,雪花有六个瓣,
它在阳光下显得多么灿烂!
黄的、红的、绿的、紫的,
什么花朵能有这样好看?"

好像是两个爱玩的孩子,
我们把这雪看来又看去,
雪也好像我们的生活,
仿佛越看越觉得美丽。

"亲爱的!"他忽然又叫我,
"有几句话我要跟你说!
我们已经不再是孩子了,

我的意思你当然会懂得。

"我们只能用我们的战斗生活,
为这多彩的白雪高唱赞歌,
像这样谈论白雪的日子,
不过像流星似的在一瞬间闪过。

"我今天来散步还有个目的,
想要和你商量一件平常的事,
现在,人民解放军正在向南挺进,
我们没有权利过安闲的日子。

"我是一个平凡的战斗者,
怎能忘记我的神圣的职责!
亲爱的,只有在我受重伤的时候,
才能安静地在你身旁度过。

"我想明天就向组织上请示:
让我马上就回到前方去,
战士和战士之间的爱情,
只有通过考验才会充满生机。

"亲爱的,你不要把我埋怨,
我对你的爱永世不变,
但是我们爱的范围是多么广大,

因为我们是光荣的共产党员。"

呵,我懂得,但是我不想说,
在我们之间插进来久久的沉默。
我们轻轻地踱着迟慢的步子,
各自低着头,专心地思索着……

粗心大意的人哪,我的勇士,
你还没有理解到我的意念;
在这艰难而曲折的斗争中,
难道只有你通过了严重的考验!

当然,你比我经历过更多的艰难,
越过了更大、更严峻的风险,
尽管你不告诉我两年的遭遇,
从别人口中我已知道得很完全。

是的,你那忠贞的政治节操,
你那自我牺牲的不懈的辛劳,
更使我最确切地望见:
一个共产党员可以攀登得多么高!……

1957年10月20日—11月3日草稿
1957年11月底—12月初改成

知识链接

【文学常识】

一、作家介绍

　　郭小川,原名郭恩大,1919年秋天出生于丰宁县凤山镇一个知识分子家庭。今天的河北省丰宁县,当时归属热河省。郭小川的父母都是教师。早年他在家乡跟随父亲读过两年私塾。1933年春天,日军进攻热河,一家人逃往北京,当时北京城的名字是北平。这年夏天,郭小川取蒙古族名字克什格(蒙古族语:吉祥),考入官费的北平蒙藏学校。翌年春,又用郭恩大的名字考入北平东北中山中学。1935年夏,取名郭伟倜考入这所学校的高级师范班。一年以后,取名郭健风,考入北平东北大学工学院补习班。1937年"七七事变"爆发,郭小川离开北平到太原,同年9月20日报名参加八路军,被分配到一二〇师三五九旅。1937年加入中国共产党。1941年到1945年,分别就学于延安马列学院、中央党校三部,进修马列主义和文艺理论。1948年到1954年,先后担任冀察热辽《群众日报》副总编辑兼《大众日报》负责人;《天津日报》编辑部主任。1955年到1961年,担任中央作协党组副书记、作协书记处书记兼秘书长、《诗刊》编委。1962年调入《人民日报》任特约记者直至"文化大革命"。1970年,随中国作家协会到湖北咸宁五七干校劳动锻炼。1976年10月18日,因为意外的火灾,不幸去世。

1935年"一二·九"运动以后,郭小川走上救亡道路的同时开始诗歌创作,一生写下的作品很多。生前出版的诗集有《平原老人》《投入火热的斗争》《致青年公民》《鹏程万里》《月下集》《将军三部曲》《甘蔗林——青纱帐》《昆仑行》等。另外,郭小川还写过不少政论、杂文等作品。

二、作家评价

回顾这段"郭小川诗歌的接受史",我想说的是,无论是精神的影响,还是诗歌艺术的探讨,郭小川都无愧为我们那个时代——20世纪五六十年代最具有代表性的诗人,他将作为一个"时代诗人"存在于中国20世纪诗歌史中,也存在于我们这些同时代人的永远的记忆中。

——钱理群《"走进真实的郭小川"——〈郭小川全集〉出版座谈会纪实》

对人类的生命现象作了诗意的、隐含了某种忧郁和痛苦的自我反省。在这种忧郁与痛苦里,既折射出五十年代后期违反客观规律的大跃进造成的严峻后果的时代背景,表现了作者(郭小川)对历史挫折的严肃思考和感应;同时,也寓意了在历史的挫折面前,革命者对自身生命意义命运的重新思考。

——陈思和《中国当代文学史教程》

三、政治抒情诗

抒情诗的一种。一般指以政治和社会诉求为题材的抒情诗。常以具体的事件、现象，或者情形，甚至理念为切入点，触及和展示现实，挖掘其历史根源、现时的可能，以及未来的展望，形象地构筑出其思想意义。好的政治抒情诗，奥妙高超的地方在于将人所共处的切实事件，提升到具有美学高度的艺术境界。好的政治抒情诗，难能可贵的地方在于高远宽广的视野和深入的思想。比较其他抒情诗样式，政治抒情诗具有鲜明的政治色彩，寓理于情，藏情于理；思想内容相对集中、突出；更强调诗歌的公众性能；更偏向情绪的饱满激越。我们常见的政治抒情诗，一般在形式上讲求曲调高昂，音节响亮。通常使用长句和错落的短句为多。

在汉语里，政治抒情诗的明确称谓出现于上世纪五六十年代。而政治抒情诗作为一种诗歌形式，在未有明确的称谓前，中国有读者就已经接触到了。艾青、臧克家、戴望舒……我们今天知道的许多诗人都写过政治抒情诗。鲁迅在文章中提到的殷夫，就是一个典型的政治抒情诗作者。鲁迅在提殷夫的时候，顺便提到了匈牙利诗人裴多菲。裴多菲也是一个出名的政治抒情诗作者。比之更有名的国外写过政治抒情诗的诗人还有许多，比如拜伦、海涅、雨果……晚近一些的还有马雅可夫斯基、聂鲁达……他们作品，在很长一段时间，影响想着我们这边的诗歌写作。中国新诗百年，诗歌政治视角抒情也走过了相当的历程。

四、叙事诗

　　叙事诗是诗歌门类里的一种体裁。顾名思义,诗歌是表现形式,而叙事则是表现手段。叙事诗是较早出现的诗歌形式。古今中外,在文人和民间都有大量优秀的叙事诗作品存在。初期以神话故事、宗教传说、历史和当时的人物事件为主要吟诵内容,有较为完整的结构和鲜明的人物。随着文明的进步,叙事诗寄寓的内容和情致也逐步丰富,美学价值也日渐提升。忧愤感怀、讴歌颂扬,皆有藉叙事诗的形式完美表述的。中国叙事诗的发展历程可谓悠久绵长。《孔雀东南飞》《陌上桑》《木兰诗》《长歌行》《长恨歌》《琵琶行》《连昌宫词》……都是古典时期优秀叙事诗的篇章。自新诗发生以来,也留下了大量的叙事诗典范作品,从1920年的《敲冰》《十五娘》《玉娇》到1940年代以后的《王贵与李香香》《漳河水》《队长骑着马去了》,每一步都贴合着社会生活,每一部都展示了新鲜的艺术光芒。

　　郭小川是社会主义建设时期鹊起的叙事诗代表诗人之一,他于1950年代创作的《白雪的赞歌》《深深的山谷》《将军三部曲》,成为一时广泛流传的叙事诗作品,而其1960年代创作的《一个和八个》,虽然迟至二十五年以后方才发表,但确是一部具有典范意义的作品。

【要点提示】

一、从宏大主题入手,逐步体会作者个体的担当意识。

　　不同于当年许多政治抒情诗,郭小川的创作是个性化相对突出的一个,集中表现在善于捕捉和缔造生动形象传递思想;更重要的是,他的诗不是教诲式的,也非简单颂赞性的,融合了个体切身的感受。建议少年读者从本书整体体会郭小川的诗歌特性,注意他呼唤"青年公民""向困难进军"时,埋藏其间的自我担当意识,以及歌颂火热生活时对于置身其中的满足和憧憬。

二、用高声朗读的方式,体会郭小川诗歌的气韵之美。

郭小川的诗追求气势磅礴,是评论界公认的,不只政治抒情的诗句,叙事、抒情也讲究气势。造成这种气势,有体裁和内容的要求,也有作者个性的因由。明快雄伟的气势,不只表现在主题上,还有句式音韵上。少年读者在初读时,不必急于探求其主题和表现手法,先选择五到十首喜欢的,反复高声朗读出来,以朗读的方式逐渐进入诗歌的内核。郭小川的诗具备一定的舞台性,可能的话,少年读者可以围拢一起,集体朗诵交流,效果会更好。

【学习思考】

一、请将《甘蔗林——青纱帐》《向困难进军》列入阅读重点,反复品评并网查资料。这两首诗几番进入中学课本。

二、有高校把《望星空》作为研读郭小川及其一群人的重点项目,也有当代文学史教程提及并剖析这首诗。建议学生在可能的情况下朗读这首诗。